Rainer Gross
ABENDZUG NACH BLANKENESE

AF139062

Rainer Gross, Jahrgang 1962, studierte Philosophie, Literaturwissenschaft und Theologie. Er lebt als freier Schriftsteller mit seiner Frau in Reutlingen.
Bisher veröffentlicht: Grafeneck (Pendragon 2007, Glauser-Debüt-Preis 2008); Weiße Nächte (Pendragon 2008); Kettenacker (Pendragon 2011); Kelterblut (Europa 2012).

Bei BoD u.a. erschienen:
Die Welt meiner Schwestern
Das Glücksversprechen
Yüomo
Haus der Stille
Ich suche einen Menschen
Schrödingers Kätzchen

Rainer Gross

Abendzug nach Blankenese

Hamburger Wirklichkeiten

BoD 2014

Vorwort

Zwölf Jahre an der Peripherie der großen Hafenstadt; zwölf Jahre zwischen Rapsfeldern und U-Bahnhöfen, zwischen Pferdeweiden und Überseepötten. Als Schriftsteller selten dazugehörig, stattdessen oft Gast und Beobachter, immer Stift und Notizblock bereit, um der Wirklichkeit, die sich hier auffächert in kleine, handliche Stücke, auf die Spur zu kommen.

Nun, nachdem es zurück in den Süden geht, freue ich mich, diese Sammlung von Hamburger Wirklichkeiten als Erbe einer Leserschaft – vielleicht genauso hamburgophil wie ich – vermachen zu können.

Viel Vergnügen beim Lesen!

Ahrensburg, November 2014

Blankenese

Mit einem der Abendzüge fahre ich nach Blankenese hinaus. Gang durch den Hirschpark. Die Stiegen abwärts, die Straßennamen geben Geborgenheit. Es ist warm, Sommer, die Bank an der Promenade frei. Zwischen den Bäumen zieht auf der Elbe ein Schiff vorbei und verdeckt die Aussicht, ein großes Containerschiff. Ich muss den Kopf in den Nacken legen, will ich aufs Deck hinaufschauen. Aus dem Rucksack hole ich meine Pfeife und den Tabak, stopfe sie, schaue mich um. Das kleine schmale Bändchen aufgeschlagen, die erste Seite. Anzünden, zurücklehnen, die Beine übereinander: Lesen. Während das Licht sinkt und golden über dem Wasser liegt, streben auf den Wegen die Spaziergänger nach Hause.

Blankenese II

In Blankenese ist es Viertel vor eins. Ein schattiges Städtchen, Burger King bedankt sich für treue Kundschaft. Auf dem Kirchplatz ist freitags Markt, ich gehe durch die Gassen und suche nach Essen. Die Schinkenknacker in der Imbissbude schwimmen im Fett; ein halbes Brötchen kostet extra. Die Dame neben mir trägt einen Regenmantel und Gummistiefel, in der weichen Schaftöffnung fältet sich die Hose. Ein Buchladen hat Sonderangebote ausgestellt; während ich wähle, lausche ich dem Nachmittagsklön betagter Herrschaften. Heut Abend kann's laut werden, sagt die Dame, wir feiern Kindergeburtstag. Tschüs, verabschiedet sich der alte Herr dann, tschüs, tschüs, tschüs, als tastete er den Gruß auf verborgene Bedeutungen ab. So würde ich hier leben: Godeffroystraße 4, *kostenpflichtig abgeschleppt*, Veranda und Wintergarten, Liegen auf den Erkerbalkonen, eine Tischlampe in einem Fenster. Hotel Garni. *Ole Hoop, Pepers Diek.* Totgesagter Hirschpark, die heimeligen Leuchten des Witthüs. Durch die kahlen Bäume sieht man hinunter in den Mühlenberger Weg, dort wohnte einst Horst Janssen.

BMW-Werkstatt

Bei der BMW-Werkstatt geht ein stürmischer Wind. Nieseln, dunkle Wolken. Das Licht fliegt übers Land hier draußen. Fahnen rütteln an Masten, nur die Blumenrabatten fehlen. Ich steige von meiner Maschine und betrete den Verkaufsraum. Es riecht wie immer nach Reifengummi und Schmierfett. Ich muss lange warten, während ein kleiner dunkelhaariger Mann eine schwere Sportmaschine probefahren will. Ich kaufe vier Vergaserdichtungen und einen Spiegelfuß von der R 100 und nehme einen Prospekt über die BMW-Card mit, die es im ersten Jahr kostenlos gibt.

Heimweg

Die Innenstadt liegt jetzt spät, obwohl mittags-hell. Die Geschäfte schließen, die Promenade verwaist. Vor dem Ohnsorgtheater in den Gro-ßen Bleichen parkt ein Übertragungswagen. Das Warten in den unterirdischen Bahnhöfen. Stim-menlärm, Uringeruch, die wackelnde Holzbank. Wir wissen, dass wir noch an den Hafen fahren könnten, hinaus nach Blankenese, mit der Fähre nach Teufelsbrück. Im Zug lese ich, am Fenster sitzend, draußen ziehen die Vororte unter grau-em Himmel vorbei. Baumwipfel, Ladenstraßen, Kleingärten. Ein Hochbahn-Imbiss. Ein Fabrikgebäude mit buntem Graffiti besprüht. Eine Strecke durch den Wald, an einem Spielplatz, an einem Friedhof vorbei.

Landwehr

Wohnen an der Landwehr. Pergola, Plattenweg,
im Gebüsch findet man Kanülen. Möwen sitzen
auf den Laternenmasten, und um Mitternacht
fährt die letzte S-Bahn ein, *zurrückbleim biddä!*,
während in der Stube Miles Daves sein Herbst-
laub bläst. Abend mit einem Freund.

Hafengeburtstag

Hafengeburtstag. Hinaus nach Klein-Flottbek, hinein ins Derby-Getriebe. Hinter Maschendraht und Bäumen schallt ein Lautsprecher, Rennatmosphäre und Grillwürstchen, Jockeys queren mit ihren Gäulen die Parkwege. In der Sonne ist es heiß. Vom Jenischhaus aus sehen wir den ersten Windjammer elbaufwärts ziehen, ein Horn tönt übers Wasser, um ihn zu begrüßen. Wir durchwandern das Tal der Flottbek, die Gerüche von Laub und Kraut und Staub, wir queren die starkbefahrene Elbchaussee, beehren den erstbesten Eisverkäufer und setzen uns unterm Baumschatten aufs Geländer, um den Schiffen zuzuschauen. Was alles heute auf dem Wasser ist! Vom Schlauchboot bis zum Containerschiff. Schaluppen, Schoner, Segelboote, Motorflitzer, Hafenfähren, Feuerwehr und Küstenwache, die *Cap San Diego* kehrt von ihrer Ausfahrt zurück. Der Glanz auf dem Wasser blendet. Wir schwitzen. Nachher steigen wir in die Fähre bei Teufelsbrück und fahren, dichtgedrängt auf dem Sonnendeck, zu den Landungsbrücken, hinein ins Festgewimmel. Von dort flüchten wir rasch in die Innenstadt, die wie im Windschatten liegt. Die Gassen feiertäglich verwaist, ein Straßencafé nimmt uns auf, Getränke erfrischen.

Jungfernstieg

Wenn die bunten Fahnen wehen. Sie wehen zwischen Kübeln mit Palmen, am Pavillon ist das Café voll besetzt. Fußgänger strömen über die Zebrastreifen, im Hintergrund steigt die Fontäne im Alsterbecken, im Gischt eine Regenbogenhaut. Freilufttheater: Jungfernstieg. Aus dem stickigen U-Bahntunnel steigt man hinauf und atmet freier. Ausflugdampfer queren rotweiß die Wasserfläche und tuten, die Versicherungspaläste stehen schweigend Spalier. Sommers festliches Feuerwerk, Hotel Vierjahreszeiten, Hapag-Lloyd, der Rathausturm. Hier flanierten sie, die hanseatischen Jungfrauen, ließen sich sehen und schätzen. Heute sitzt man, die Sonne im Genick, und trinkt seinen Cappuccino.

Dock 17

Wie jemals dort ankommen, wo ich hinwill? Am Hafen, wo wir aus der U-Bahn steigen an den Landungsbrücken, weiß ich es nicht. Die *Rickmer Rickmers* liegt still, lichterbehängt im schwarzen Wasser. Die Kajen dunkel, grelle Scheinwerfer drüben auf den Docks. Mir kommen die Tränen plötzlich von einer wilden, heillosen Trauer, aus einem Anruf, der von dort kommt und dem ich verzweifelt jahrelang zu genügen versuche. Der Freund tritt heran und legt mir die Hand auf die Schulter. Spürst du es auch?

Dorfkrug

Im Dorfkrug. An der Wand eine Schiefertafel mit Kreideaufschrift: *Sparverein Versammlung 27. Februar*. Im Hintergrund spielt Steppenwolf. In den Scheiben der Fotorahmen spiegeln sich die Lichter vom Spielautomaten. Wir haben einen Platz neben dem Kachelofen, der bullig heizt. Einmal kommt der Wirt und legt nach; die Scheite knallen in der Hitze. An der Theke unterhält man sich über Jagd und Niederwild. Einer beklagt, dass schon alle Fasane weggeschossen seien. Dann streitet man lauthals, mehrmals ermahnt die Bedienung. Baldige Versöhnung, der eine bescheinigt dem andern eine „niederträchtige Gesinnung". Die Würfelbecher knallen. Obwohl es noch nicht Zeit ist, dürfen wir bestellen. Es gibt Wildragout mit Rotkohl und Kroketten. Auf dem Gesims neben uns stehen Mini-Harleys, in Holz geschnitzt.

Einwinkel überquert die Elbe bei Winsen

Auf dem Deich grasen Schafe, braune Schafe mit schwarzen Gesichtern. Dahinter die Hausdächer im Wolkenhimmel, ein Radfahrer, das Kopfsteinpflaster der Fährrampe. Nur wir und der Radfahrer im Sportanzug gehen an Bord. Der Fährmann kommt zum Kassieren. *Don't pay the ferryman*, will ich mir sagen, aber der Preis steht fest, die Kosten sind überschaubar: vierneunzig und ein Papierbillett in die Hand. Ich stehe an Deck und sehe zu, wie das Ufer zurückbleibt, sehe zu, wie das andere näherkommt, sehe dem rauschenden Bugwasser zu, das gläsern schäumt und bernsteinfarben und moosgrün schimmert. Über den Häuser von Hoopte treibt ein Lichtbruch, aus den wattigen Wolken strömt opaker Glanz und steht wie ein Fanal überm Ufer. Ich höre das Tuckern des Schiffsdiesels, rieche den Auspuffqualm und den tranigen Ölgeruch des Kraftstoffs. Gegenüber Buschzeilen und Pappeln, das Zollenspieker Fährhaus. Die Fähre legt an, ein Rumpeln und Dümpeln. Land gewinnen, denke ich. Der Horizont steht offen. Wir fahren vorüber an dem Imbisswagen, an den Dutzenden von Motorrädern, an den biertrinkenden Bikern in Lederkluft, hinein ins Marschland. Seltsam hier draußen: ein weißes Schild Richtung *Centrum*, als wäre die ganze Welt eine Hafenstadt.

Kiekeberg

Die Bauten künden von vergangenem Leben, das nicht so recht in die Vorstellung will. Die Führerin offenbart den Notstand: einen Zacken zulegen, etwas auf die hohe Kante legen – ah ja, sagen wir und nicken belehrt. Aber was haben wir verstanden? Fachwerk, Reetdächer, Bauerngärten. Der Pringenhof. Über der *Grootdör* werden die Erbauer genannt, gewöhnliche Namen, nun historisch verewigt, dabei waren es zwei aus Hunderttausend. Ende achtzehntes Jahrhundert erbaut, niederdeutsches Hallenhaus, schmucklose Kästen für das Linnen und den Sonntagsstaat, wuchtige Truhen, die Tafel ans Fenster gerückt, die Herdstelle. Draußen ein Vorratshaus, zu dessen Zugang eine Treppe hinaufführt. Lena ist schon oben und guckt aus dem Fenster. Bauernhofduft. Als Kinder haben wir im Scheunengebälk geturnt und in den Kornschütten gebadet. Hähne schreiten hinter Maschendraht und picken im Morast, sammeln die Hennen und krähen um die Wette. Man könnte sich verlieren ans Idyllische, denke ich und setze mich auf eine Bank in die Sonne. Die Geschichte lastet schwer überm Gelände, zäh wie Schlamm, trocken wie Staub, massig wie die Eichenständer, grau wie das Reet. Dagegen kommst du nicht an, denke ich und blinzle in die Helle. Oder vielleicht doch?

Mühlenberg

Auf dem Rückweg von der Elbe. In den erleuchteten Fenstern der Häuser am Mühlenberg sieht man kein Fernsehgeflimmer. Ruhig brennen die Lampen. Bücherregale, nicht zu dicht gefüllt; Esstische, Lampenschirme tiefhängend; Stühle mit geschnitzten Lehnen. Einmal sitzt eine Frau am Fenster vor einem Schreibtisch, das Gesicht hell von der Lampe. Vor zugezogenem Vorhang sitzt eine Katze, nein, nicht aus Porzellan: Als ich stehenbleibe, bewegt sie sich und blickt her.

Barlachhaus

Jenischpark. Alter Herrensitz draußen auf dem Land. Parkwiesen, Weidbäume, Pappelalleen. Schmiedeeiserne Tore und hausgroße Containerschiffe, die auf der Elbe vorbeiziehen. Unscheinbar unter Eiben, ein moderner Bau aus Glas und Beton, das Barlachhaus, Stiftung eines Zigarettenmagnaten. Aus der Geräuschigkeit des Parks tritt man in verheißungsvolle Museumsluft. Poster und Bildkarten gibt es zu kaufen, bescheidener Obolus, dann steht man zwischen den Figuren. Keine Kunstwerke, sondern Präsenzen. Originale, Charaktere, die ihren eigenen Raum um sich öffnen. Eine Fliege surrt gegen das Fensterglas, die Sonne wärmt. Grober Holzschnitt im Naturmaterial, eine Mischung aus germanischer Stele und Osterinsel. Ikonen allesamt, besonders der Fries der Lauschenden. Andächtig umschreite ich sie, spähe die Aura aus, die sie besitzen. Keine schönen Menschen, eher Kämpfer, Leidende, Zweifler, Angegangene. Antwortende auf einen Ruf, den nur sie hören. Der *Buchleser*, allbekannt, liest nicht, ich sehe es aus dem anderen Winkel, sondern blickt über das Buch hinweg und sinnt dem Gelesenen nach. Die *Erwartende* trägt Hoffnung, die Arme um den kargen Leib gelegt, in ihrer lächelndekstatischen Fernsichtigkeit sieht sie das Kommende. Um *Moses* kommt man nicht herum, buchstäblich. Ein autoritärer Block, die Bartsträhnen wie Muskeln hervortretend, aber er ist nicht selbst das Gesetz: Er trägt es. Es erfüllt ihn. Er steht da wie ein zum Fanal gewordener Bote. Der *Mann im Stock*, Inbild des Gekerkerten, doch blickt man ihm von unten ins erhobene Gesicht, erkennt man Verzückung, er sieht den Himmel offenstehen oder die göttliche Freiheit oder das Ende aller Pein gekommen, jedenfalls preist er durch seine Gefangenschaft die Transzendenz, für die er durchlässig ward. Erschöpft trete ich ins Freie. Soviel Begegnung hätte ich nicht erwartet. Auf der Bank sitze ich und schaue über den Rasen zur Elbe. Was ist der Mensch? Barlach hatte seine Antworten.

Die Fahrradkuriere

Die Fahrradkuriere. Ein junger drahtiger Mann in Sportlerkleidung, der auf den Stufen eines Hauseingangs sitzt, das schutzblechlose Rad neben sich, in sein Handy sprechend. Oder die junge Frau mit dem Apothekerfahrrad am Geländer der Binnenalster.

Türkischer Sportclub

Im Vorbeifahren von der Hochbahn aus ein Blick in die Straßen: das Vereinslokal eines türkischen Sportclubs.

Bahnsteiggespräch

An der U-Bahn-Station geht ein großer junger Mann mit einem Damenstockschirm in der Hand einer kleineren Frau nach. Sie ist dunkelhäutig und hat die gekrausten Haare zu einem Zopf geflochten. Hallo, sagt er ihr leise hinterher, hallo. Die Frau geht zielstrebig den Bahnsteig entlang von der Treppe weg, bleibt einmal stehen, sodass der Mann aufholen kann. Beide wechseln einige Worte, währenddessen steht sie zu ihm abgewandt, die Arme in der weiten Regenjacke vor der Brust verschränkt. Dann geht sie einfach weiter, als hätte das Gespräch erwartungsgemäß nichts Neues gebracht. Der Mann gibt auf, hilflos, resigniert, während sie immer weiter geht bis zum Ende des Bahnsteigs, nicht eilig, sondern harmlos schlendernd, als hätte sie dort etwas zu erledigen.

Lesezeichen

Das Erste, was die Leute in der U-Bahn tun, nachdem sie sich hingesetzt haben: Jeder holt sein Buch hervor, schlägt es an der Stelle mit dem Lesezeichen auf und beginnt zu lesen, als wäre er zu diesem Zweck eingestiegen.

Dialog am U-Bahnhof

Am U-Bahnhof. Ein Mädchen kniet an der Bahnsteigkante, einige Meter entfernt steht ein junger Mann mit Pudelmütze. Komm doch!, fordert sie ihn auf. Zieh deine Jacke aus! Ich kann nicht, antwortet er. Ich bin völlig blockiert. Er geht zum Bahnsteig gegenüber, dort beginnt derselbe Dialog. Er setzt an der Kante behutsam einen Fuß vor den anderen, als bereitete er sich auf einen Trapezakt vor. Ich kann nicht. Komm doch!, ermuntert sie ihn. Wir schauen auch alle weg. Ich kann nicht mehr reden, meint er. Mir fällt nichts ein.

Klappmesser

Einer der Obdachlosen, die die Zeitung *Hinz und Kunzt* im U-Bahnhof verkaufen, hat in der Gesäßtasche zwei Klappmesser stecken. Ein Passant kauft ihm das letzte Exemplar ab. Einsachtzig und Feierabend für mich, sagt der Obdachlose.

Ansprache in der U-Bahn

Beim Anfahren der U-Bahn steht ein Obdachloser auf und beginnt in eingelernter Höflichkeit eine Ansprache, von der jeder weiß, worauf sie zielt. Guten Morgen, meine Damen und Herren. Entschuldigen Sie bitte, dass ich Ihnen an so einem schönen Morgen bereits auf die Nerven falle! Es ist momentan so, dass ich auf der Straße lebe undsoweiter. Niemand hört ihm zu, keiner schaut auf. Die Rede eines Menschen an seine Mitmenschen geht unter im Rattern des Zuges, der Fahrt aufnimmt. Dann geht der Mann durch die Reihen, einige kramen klimpernd in ihren Geldbörsen wie in der Kirche oder bei einer artistischen Vorführung. An der nächsten Station steigt er wieder aus und geht zum nächsten Wagen.

Japan-Plakat

Das Plakat für die Japan-Wochen in Hamburg. Lesungen japanischer Autorinnen im Literaturhaus. Das Plakat zeigt ein durch Unschärfe verdunkeltes Frauengesicht, nur die Röte des Mundes, wie blutend, und nur ein Auge, verwischt wie von Tränen in Ekstase oder unsäglichem Schmerz, umrahmt von einem strammen Maskenrand, als wäre sie eine mythische Taucherin, aufgestiegen aus den Abgründen der Fantasie des Betrachters.

Metropolis

Die U-Bahnstation ist wie eine Röhre ausgebaut, die Bahnsteige hängen darin wie Kais an einem Unterweltfluss. Metropolis. Wenn man die steilen Rolltreppen hinauffährt, weht einem warme Luft entgegen. Der Gummihandlauf bewegt sich schneller als die Treppe, sodass man die aufgelegte Hand immer wieder zurücknehmen muss.

Zwei ältere Damen

Zwei ältere Damen mit Hüten, Schößchenblusen und Lackhandtaschen streiten sich darüber, wohin der U-Bahnausgang Jungfernstieg führt. Dabei versteht die jeweils eine nicht, was die andere meint. Ihr Streit ist im ganzen Wagen zu hören. Dabei ist die Lösung einfach: Es gibt zwei Ausgänge. Sie steigen an der Trabrennbahn um, steifbeinig, mit einer Hand nach Halt tastend, verdrossenen Blicks, jede in die Schwierigkeiten ihres gemeinsamen Ausflugs vertieft.

Spiegelbild

Ich blicke zu dem Mann hinüber, der mir schräg gegenüber sitzt. In der nachtblinden Scheibe spiegelt sich die abgewandte Seite seines Gesichtes. Es kommt mir vor, als offenbarte der Blickwinkel eine Tiefe der Wirklichkeit, die sonst verborgen bleibt. Ich vergleiche das Spiegelbild mit der hergewandten Seite. Ja, denke ich. Es ist das Spiegelbild, das die Geschichte erzählt. Nicht die Wirklichkeit.

Op'n Bull'n

Das kleine Windlicht auf dem Tisch leuchtet in meinem Bierglas wider. Manchmal schwankt es in meinem Kopf, was ist denn das?, denke ich und erschrecke. Aber es ist der Ponton, auf dem die Gaststätte untergebracht ist: die Landungsbrücke in Blankenese, die mit der Dünung der Elbe schwankt, wenn eines der großen Containerschiffe am Fenster vorbeizieht. Dann hört man die Stöße an den Dalben, und es ächzt in den Wänden. Draußen vor den Fenstern ist es blau. Lichter vom Hafen gegenüber, Lichter vom Leuchtfeuer elbabwärts. An der Wand alte Stiche von Hamburg, ein Steuerrad, ein rotes und grünes Signallicht. *Das Leben der Godeffroys im achtzehnten Jahrhundert*, lese ich.

Cuba Mia

Im Grindelviertel, unauffällig in einer Wohnstraße, klein und exotisch. An den Wänden Porträts von Fidel und Che, gerahmte Schwarzweiß-Fotos von Kuba, die kubanische Flagge hängt aus und Ventilatoren kreisen an der Decke. Die Speisekarte ist nicht üppig, eher authentisch. Musik aus versteckten Lautsprechern, Son natürlich, später modisches Salsageklingel. Als Vorspeise kommen warme Kochbananenchips mit Kräuter-Dipp; die sind hart und mehlig, der Dipp erfrischend. Der Reis mit schwarzen Bohnen hat einen eigentümlichen Geschmack, den der Kellner pfiffig lächelnd mit Kreuzkümmel und Speck erklärt. Die Hauptgerichte: frittierte Yucca-Herzen, gebackene Kochbananen, in Mojo mariniertes Schweine- und Hühnerfilet und Seehecht mit Limetten. Das mundet. Der Ausklang lässt sich vielfältig gestalten: zu einem *Daiquiri de Mango* oder *Ron Hemingway* pafft man genüsslich eine echte Havanna, lauscht den Tischgesprächen der inzwischen Hinzugekommenen, dem Kartenspielen und Disputieren, dem feierabendlichen Müßiggang. Ein Vorleser fehlt noch, denke ich, wie in den Fabriken: Marx oder die *taz*. Gegenüber sitzt ein Einzelgänger vor seinem Rum.

Mövenpick

Im Mövenpick im Hanseviertel. Wir sitzen an einem Tisch auf der Empore in der Ecke. An der Wand gerahmte Fotos von berühmten Gästen: Heinz Reincke, Hardy Krüger, Heidi Kabel, Al Martino. Es gibt Maischolle, butterweich. Einen Wellness-Trunk lässt sich Lena bringen: sämiger Brei aus Früchten. Der Klavierspieler am Eingang verbreitet Barflair. Manchmal tut es gut: das Sitzen und Warten, das wohlgefällige Essen, die noble Umgebung. Nachher applaudiert Lena dem Klavierspieler vom Treppenabsatz aus, weil sie von dort seine Fingerfertigkeit einsehen kann. *Schießen Sie auf den Pianisten!*, denke ich. Mit Charles Aznavour. Vielleicht war der auch schon hier.

Am Busbahnhof Barmbek

Am Busbahnhof Barmbek. Neben der Hochbahnbrücke ist in einem Klinkerbau an der Mauer ein Spielautomaten-Casino eingerichtet. Ein kleiner Platz mit einem Hörgeräte-Akustiker, einem Friseur, einer Fahrschule, einem Sportcafé, einer Apotheke. Auf der Grüninsel im Kreisverkehr wachsen Rosen und Lorbeerbüsche. Die Straßenflucht entlang sind alle Ampeln auf Grün geschaltet und bilden im wirren Vielerlei ein deutliches Muster.

Türkische Lebensmittel

Kisten mit Gemüse und Obst vor dem Laden-
eingang. Türkische und arabische Lebensmittel.
Viele Etiketten tragen auch deutsche Beschrif-
tung. Türkische Frauen kaufen hier ein, aber
auch Afrikanerinnen und Deutschstämmige,
gesundheitsbewusst. Musik im Hintergrund,
türkische Schlager, wie im Basar. Man quetscht
sich durch die Gänge, sucht, was einem halb-
wegs bekannt vorkommt. *Hummus* in Büchsen,
Tahini in Dosen. *Lokum* heißen die bekannten
Süßigkeiten, in fünf Sorten, ein Weizengelee mit
Pistazien, umhüllt von Kokosraspeln. Lamm-
fleisch in allen Formen. Regale voller Gewürze
und unbekannter Namen. Aus der Ecke mit den
Fladenbroten duftet es köstlich. Manche Waren
entsprechen genau den vertrauten, nur mit türkischen Namen. Es gibt auch Cola-Dosen ohne
türkische Aufschrift. Wenn man eine Frage hat,
fragt man nicht das Mädchen, das die Brote ein-
räumt, auch nicht den Fleischer hinter der Theke. Der zweite weiß nichts, und die erste kann
kein Deutsch. Die dicke Mama an der Kasse mit
dem verdrießlichen Gesicht und dem orientali-
schen Phlegma weiß es. Einige Anwohner ver-
sorgen sich hier täglich, hier, in der Fuhlsbütte-
ler Straße. Man hat seine Plastiktüte in der Hand
und tritt wieder hinaus unter die Passanten und
den Verkehrslärm. Man ist wieder in Hamburg.

Openair-Kino im Schanzenpark

Openair-Kino im Schanzenpark. Irgendwann kommt man an ein freies Wiesengelände mit einem Sandplatz, der sich zu ansteigenden Böschungen öffnet. Ein kleines Amphitheater. Blaue Sonnenzelte sind aufgestellt, ein Bauwagen, unter Bäumen abgestellte Anhänger, zwei Gerüste für Lautsprecheranlagen, mit schwarzer Folie abgedeckt. Zaunsegmente zum Absperren stehen herum. *Zapf-Umzüge, hamburgpur, fritz-kola.* Ein Wagen aus Holz im Zigeunerlook beherbergt die Kasse, davor Biergarnituren. Auf einem Tisch ein leeres Bierfass und ein Aschenbecher. Heute Abend: Sonderprogramm. Juli bis Ende August, *Nachtzug nach Lissabon* und *Kochen ist Chefsache* sind angekündigt, bei technischen Störungen oder schlechtem Wetter fällt die Vorstellung aus, der Eintritt wird nicht erstattet. Eine junge Frau sitzt auf der Wiese und liest ein Buch. Ein Hund streunt. Erwartungsvoller Frieden: Sommer in der Großstadt.

Am Fahrradladen

Am Fahrradladen ein leerer Haken in der Hauswand und ein Schild darüber: *Bitte die Pumpe nach Gebrauch wieder auf den Haken hängen.* Das hat offensichtlich nicht funktioniert.

Lügen

An einer Hausecke, zwischen den Friesen, ein Graffito:

> *real eyez*
> *realize*
> *real lies.*

Philosophie an der Hauswand. Stummer Schrei eines kritischen Großstadtbewusstseins.

Teehaus

Eine Oase, esoterisch. Das *Golden Temple Teehaus* in der Grindelallee. Drinnen ist es leer und sonnig, eine blonde Studentin hilft aus. Die Theke mit selbstgebackenen Keksen, Regalen voller Tees, eine Vitrine mit Bio-Limonade. Kleine Tische mit Rattanstühlchen und eine Empore mit Sitzecken und großen Kissen, in denen man sitzen könnte wie im Orient und sein Kännchen Tee neben sich.

Die Speisekarte umfasst Naturköstliches: Ayurvedatees, Bio-Grüntee, Dinkelwaffeln, Yogi-Tees, Bio-Dinkel-Kaffee, Fruchtsäfte, Gemüsecurrys, Pitabrot, energetisiertes Wasser aus der Vitalkaraffe. Hinten aber tritt man in einen kleinen Teegarten. Unter einem Sonnenzelt stehen Tische und Stühle zwischen Hortensien und Kletterpflanzen; Buddhastatuen blicken freundlich unter Efeu, eine Hollywoodschaukel in einer Ecke, fehlt bloß nach ein plätscherndes Wässerchen. Rauchen natürlich verboten. Eine Reihe tibetischer Gebetsfahnen umschließt uns, sicher ist der Ort gesegnet. Ringsum die Häuser, gegenüber das Unigebäude der Juristen.

Es ist leer im Garten, wir sitzen allein. Holen uns das Bestellte auf einem Tablett an der Theke. Der Minz-Gunpowder erfrischt, die Kekse sind selbstgebacken. Einmal kommt eine junge, hagere Frau hinzu, gepflegte Kleidung, mit einem Teller Suppe auf ihrem Tablett. Vielleicht stören wir sie mit unserer Mundartunterhaltung. Sie isst rasch zuende und geht wieder, die bloßen Füßen in schmalen Schnürschuhen mit Lederkappen. Im Semester kommen viele Studenten, es gibt Kulturprogramm abends gegen eine Spende: *Vegan im Sommer*, *Vollmondmeditation für alle*, ein Film über Kornkreise in der ganzen Welt, Mantras, evolutionäre Astrologie und dergleichen mehr. Das Buch über die Neuinterpretation des I Ging interessiert mich, und zwei Tees nehme ich mit. Draußen liegt die Grindelallee im prächtigen Abendlicht, die Straßen sind leer, erst beim Weggehen merken wir, dass wir zu Gast waren in einem geheimen Garten.

Grindelallee

Grindelallee. Aus den Seitenstraßen kommt man, die Straße öffnet sich fünfspurig zwischen den klassizistischen Häusern, eine dünne Reihe aus Bäumen, weiter Himmel. Eine Esplanade, eine Prachtpromenade, eine Flucht aus Stadt, die einen Sog ausübt. Sie führt auf etwas Großes, Erhabenes hin, das nicht kommt. Unigebäude liegen im Schatten, Gleisdämme erheben sich, der Turm des Radisson-Hotels. Buchläden, ein pakistanisches Restaurant, Boutiquen, Falafel-Imbiss, ein israelischer Schmuckladen. Auf dem Gehsteig vor einem Jazz-Club steht eine Nobel-karosse mit offenen Türen; junge Männer in Anzügen laden Instrumentenkoffer aus. In den Belag eingelassen sechs Gedenksteine für die aus diesem Haus deportierten Juden; einer von ihnen flüchtete nach Holland, bevor er in Ausch-witz ermordet wurde. Bahnhof Dammtor, der große Park, dann der Stephansplatz. Wien-Reminiszenzen. Ein Eis zum Abschied, Mango und Zabaione. Dann steigt man in die U-Bahn und fährt nach Hause.

Enthüllung einer Geschichte

Im Park unter Schattenbäumen. Ein Mann in Hemdsärmeln und eine Frau in Rock mit Strickjacke spielen mit ihrem Kind, lassen es laufen, setzen es auf den Liegestuhl, reden miteinander. Sehen aus wie Adventisten oder Zeugen Jehovas. Später steht die Frau allein auf dem U-Bahnsteig und wartet, verwaist, wie beraubt. Sie ist dünn in ihrer Strickjacke und dem langen Rock. Sie trägt eine Brille und starrt geradeaus. Vielleicht fährt sie zur Samstagabendschicht ins Krankenhaus und hat den Mann mit dem Kind nach Hause geschickt. Vielleicht will sie noch etwas erledigen und kommt nach. Die Mutter sieht ohne Kind verlorener aus, als es der Vater würde. Ihr Dastehen auf dem Bahnsteig ist wie die wortlose Enthüllung einer Geschichte.

Mit Essen spekuliert man nicht!

Plakat im U-Bahnhof, scheunentorgroß: *Mit Essen spekuliert man nicht* und drei blaue Würfel auf einem Bett aus Dollarscheinen. Keine Spekulation mit Nahrungsmitteln, mahnt es. Ein Oxford Commitee, gegründet 1942 zur Hungerhilfe im Nachkriegsdeutschland. Grübelei im Waggon, während der Sitznachbar seine Mails abruft: In was für einer Welt lebe ich eigentlich?

Tor zur Welt

Im Park im Zentrum sitze ich auf einer Bank. Der Fernsehturm, der sich als Wahrzeichen erhebt, der Wolkenkratzer daneben könnte in New York stehen. Auf den Teichen blühen die Seerosen. Wasserspiele und Rasenflächen, Menschen lagern umher. Ich stopfe meine Pfeife und zünde an, blase den Rauch in die gläserne Luft. Kinder spielen, Enten tauchen wie im Lied, nebenan strickt eine Frau Pulloverbündchen aus roter Wolle. Fünf Hindufrauen sitzen ebenholzhäutig und drall im Gras und schwatzen, eine Kanne Kaffee zwischen ihnen. Eine Frau geht vorbei, verteilt Waffeln an Kinder, fotografiert die Gruppe der fünf Frauen. Alles leuchtet in einem Licht wie von hinter den Dingen. Wolken ziehen durchs Blau, nach Norden natürlich, und das Blau steht wie eine Kathedrale, hoch und weit. Ich bin hier, um in diesem Ausblick zu leben. Die Sehnsucht nach der fernen Stadt ist der Sehnsucht gewichen, für die sie steht: das Tor zur Welt. Von hier aus geht es nirgends mehr hin oder überall. Ich könnte in die Karibik fahren oder nach Los Angeles oder Hongkong, überall fände ich nicht mehr Welt als hier. Den Horizont erreiche ich nicht. Hier aber sehe ich ihn ständig. Dafür bin ich hier.

Lackierte Fingernägel

Die Dame, die mit einem Kaffee und einem Käsebrötchen aus der Bäckerei um die Ecke kommt und sich an einen der aufgestellten Tische setzt. Sie ist ganz in Schwarz, aber aus modischen Gründen. Schwarze Bluse, schwarzer Minirock, schwarze Strumpfhose, schwarze Ballerinas. Im kurzen blondierten Haar ist der dunkle Haaransatz zu sehen. Ihr Gesicht wirkt straff nach hinten gezogen, was ihrem Mund einen hochmütigen Ausdruck verleiht. Sie legt das Brötchen in seine Hälften auseinander und isst den Salat herunter. Dann lackiert sie sich die Fingernägel in einem Ferrari-Rot. Mit spitzen Fingern verstaut sie den Nagellack wieder in ihrer Tasche. Ebenso nimmt sie eine Käsescheibe hoch und beißt, als diese in der Luft baumelt, davon ab. Danach zündet sie sich eine Zigarette an, was einen zweiten Versuch erfordert, weil der Wind so bläst. Rauchend blättert sie in einer Zeitschrift. Ab und zu trinkt sie vom Kaffee, indem sich die rotlackierten Finger, durch die spitzen Bewegungen klauenhaft, um den Henkel klammern. Zu dem Vergnügen, sie aus der beigestellten Wasserflasche trinken zu sehen, komme ich nicht, weil ich aufbrechen muss.

Telefonat

Auf einer Bank sitzt ein Mädchen und telefoniert. Sie hat die Beine übereinander geschlagen. Sie zündet sich eine Zigarette an, streicht dann mit der Zigarettenhand konzentriert über eine Naht ihrer Jeans. Als ich wieder hinschaue, ist die Bank leer. Kurz darauf sitzt das Mädchen wieder da und telefoniert, diesmal eine Papiertüte auf dem Schoß haltend, aus der sie ein Gebäckstück isst.

Graffiti

Die zackig-verschränkten Namenszüge in Weiß
oder Silbergrau. Auf Pfosten eine lange Reihe
von Grinsgesichtern, dazwischen immer diesel-
ben Buchstabenkürzel. Auf einer Lärmschutz-
wand steht wiederholt das Wort „Lärm". Im
Bahnschotter am Gleisrand rotblaue Lippenblüt-
ler, Lupinen, denke ich, stolz aufgereckt, Farb-
tupfer anderer Art.

Witthüs

Eines der alten Herrenhäuser im Vorort draußen in Blankenese. Drei Geschosse, unterm Dach wohnt der Herr Doktor. In Gummistiefeln, weil es regnet, machen wir ihm unsere Aufwartung. Kolorierte Lithographien, im Internet ersteigert. Sechs Euro, für vier weitere bietet er uns einen Stich vom Jungfernstieg. Er bittet uns nicht herein. Akademiker, wie ich, aber mit Kultur und Geld aufgewachsen. Hätte ich das auch erreichen können?, frage ich mich. Hätte ich das erreichen wollen? Wir spazieren durch den Hirschpark und kehren im Witthüs ein. Reetgedeckt, Teepavillon, Stuck an den Wänden und Polsterstühle und klassische Musik. Treffpunkt zum Nachmittagstee. Es gibt Qualle auf Sand und Ronnefeldt-Tee. Mit unseren Gummistiefeln sind wir fehl am Platz, aber so soll es sein. Die edlen Menschen um uns her betreiben gedämpften Tons ihre Konversation. Wir haben unser Teil daran, aber dazugehören? Nie im Leben.

Alstervergnügen

Alstervergnügen. Gemächlicher Rundgang im Geviert, im Strom der Leute. Ein Steak im Brötchen, Pfefferminzbruch und Geleebananen und dazwischen immer wieder der Blick auf die Alster. Auf den Pontons gab es gestern Abend das letzte Feuerwerk. Buden mit exotischen Drinks, Kebab und Thai auf Papptellern, Schmuck und Tücher von fliegenden Händlern, Maiskolben mit Butter und Salz, Drahtfiguren, irisches Bier, ein Museumsschiff mit Jever-Ausschank, Wurfbuden, Lotterien, Kokosnüsse aufgeschlagen wie in der Karibik, Radio Hamburg dröhnt aus Lautsprecherboxen, einmal Jazz und der Blick aufs sonnengleißende Wasser, *that'll be the day*, tief hineinsinken und mitströmen, denke ich: Du bist wirklich da. Du stehst im Tor zur Welt, und es ist offen.

Der Skipper

Ich wandere das Elbufer entlang, jenseits des Fischmarktes in Richtung Övelgönne. Dort beobachte ich einen Mann, der auf einem Schiff handwerklich zugange ist. Das Segelschiff ein Zweimaster, Seilzüge, Taurollen, Segelbäume; die Abgänge zu den Kajüten sind winzig, aber man schiebt das Dach zurück, bevor man absteigt.

Der Skipper läuft in einer alten Jogginghose herum, trägt Handschuhe und einen Hüftgurt mit einem Tauende eingehakt. Er sitzt am Klüverbaum und ist mit einem Schleifer und Kabel beschäftigt. Er hat wohl schon einige Bier intus und spricht ein wenig verwaschen, aber desto eifriger mit einem Schweizer in Bügelfaltenhose und Streifenhemd, der ihn angesprochen hat. Der Klüverbaum, erklärt er dem Schweizer, sitzt nicht mittig, sondern seitlich, sodass er am Mast vorbei schiffwärts eingezogen werden kann. Worauf er sitzt, das Seil, nenne sich Fußpferd. Bereitwillig erzählt er, bartlos, dürr, mit Speckfalten um die Hüften, von seinem Navigationspatent, das er habe. Letztes Jahr in Sankt Petersburg, vier Mann Stammbesatzung, aber auch zahlende Gäste. Dann verabschiedet sich der Schweizer, viel Spaß noch in Hamburg, sagt der Skipper.

Offensichtlich wohnt er auf dem Schiff. An

Deck ist ein Schlafsack ausgebreitet, ein Paar Turnschuhe steht herum, ich will ihn fragen, wovon er lebt. Kann so ein Leben, so eine Existenzform geplant werden, Schritt für Schritt, Vorbereitungen, Ausbildung, klarer Vorsatz? Oder ergibt sie sich? Wie ist er an die *Pirola* gekommen? Kapitaleinsatz, handwerkliche Begabung und Eigenarbeit? Man weiß so wenig. Man müsste sich die Lebensgeschichte erzählen lassen, um überhaupt zu verstehen, was man da sieht, an einem sonnigen Nachmittag in Övelgönne.

Möwen segeln vor dem waldigen Hochufer mit den kleinen Häusern am Hang. Wenn sie hinter dem Tauwerk des Schiffes erscheinen, wird der Ort zu einem Hafen, einem Inselhafen, Bananenhafen in der Karibik, und ich könnte einfach an Bord gehen und mitsegeln.

Jetzt sitzt er rittlings und schleift den Klüverbaum. Das Schiff, hat er dem Schweizer erzählt, war früher ein Heringslogger, ein reines Eisenschiff also. Früher? Woher kommt so ein Schiff? Wie alt ist es? Kann es den Besitzer wechseln wie ein Grundstück oder ein Haus? Ist es, obwohl es fahren kann, eine Immobilie?

Ich spreche ihn an. Merkwürdigerweise versteht er sofort, was ich meine, als ich von der Geschichte des Schiffes und dem Mann dort am Klüverbaum rede.

Von der *Pirola* haben sie – wer? – vor elf Jah-

ren reden hören; sie lag irgendwo an der Nieder-
elbe in einem Seitenkanal und rottete vor sich
hin, lag bei Flut unter Wasser, halb im Schlick
versunken. Das Schiff war verkauft an alternati-
ve Aussteiger, die das Schiff ausgeschlachtet und
das ganze Gerät in einer Scheune ihres Bauern-
hofes eingelagert hatten. Er benutzt den Begriff
„alternativ" nicht abschätzig, nur vorwurfsvoll,
weil sie keinen Sinn für Schiffe haben. Es wech-
selte für eine symbolische Mark den Besitzer,
dafür braucht es tatsächlich das Schiffsregister
und das Grundbuchamt. Seit elf Jahren nun
richten sie es her: die Masten haben sie einge-
baut, den Klüver, die Kajüten. Nur das Steuer-
haus und ein Fischbecken habe sich darauf be-
funden.

Er selbst gibt seinen Namen als Roland Aust
an, freischaffender Journalist bei Spiegel TV. Ich
kenne den Chefredakteur, Stefan Aust, nicht,
sonst hätte ich gefragt, ob das sein Bruder sei.
Sein Vater sei Seemann gewesen, nach Shanghai
und Malaysia unterwegs, später habe er sich als
Handelskaufmann in Hamburg niedergelassen.
Er, Aust, habe schon mit vier zum ersten Mal
hinter einem Steuerrad gestanden, dazu wird
man geboren, sagt er, wie er überhaupt viele
Klischees von sich gibt, vielleicht weil er mich
nicht einschätzen kann. Ein Seebär, der Seemannsgarn spinnt? Immer, wenn ich auf persönliche Dinge komme, schweift er ab und verliert

sich in technischen Einzelheiten zu seinem Schiff oder der Seefahrt allgemein. Zur Besatzung gehöre auch ein Stahlbauarbeiter. Vieles am Schiff sei selbstgemacht; dass das Holz, die Niedergänge, die Bäume nicht lackiert, sondern nur mit einem wetterfesten Öl gestrichen sind und für welche Arbeiten man dieses Sonnenwetter heute nutzen muss, interessiert mich weniger.

Nächstes Jahr gehen sie auf Weltumsegelung. Zehntausend Mark Proviant, sein Traum ist es, alles auf Kamera aufzunehmen, auch unter Wasser. Er will zudem darüber schreiben. Journalistische Ausbildung hat er keine, er sei Autodidakt, und als freier Mitarbeiter lasse sich seine Arbeit mit dem Segeln vereinbaren. Vor zwei Jahren sei bei Hoffmann & Campe ein Sachbuch von ihm erschienen, über einen Drogenaussteiger, *Der Pirat* heiße es. Ich habe es später nachgeprüft, das Buch gibt es wirklich, allerdings firmiert es unter Stefan Aust als Autor; vielleicht hat er mit seinem Bruder zusammengearbeitet. Er erklärt oft zweisprachig, Fachjargon und Umgangssprache, manchmal übersetzt er gleich, etwa Kajüten mit Betten; er scheint es gewohnt, Laien zu erzählen, oder ist es journalistische Routine?

Arved Fuchs, meint er, hat ihnen neue Segel geschenkt; Arved war mit einem millionenschwer gesponserten Schiff ins Eismeer unterwegs, auch darüber lässt er sich dann detailreich aus. Unterwegs werden sie Einkünfte haben durch Reparaturarbeiten an fremden Schiffen; unter Deck gibt es eine Werkstatt mit Schweißgerät. Die Gruppendynamik auf so einer langen Fahrt sei natürlich vehement. Da fangen Kleinigkeiten zu nerven an. Bei Sturm aber trenne sich die Spreu vom Weizen: die Anpacker von den Schlappmachern. Das langweilt mich, ich kenne es zu gut, das Klischee, oder ist es die Realität, die langweilt, weil sie einmal dem Klischee entspricht?

Ja, er hat getrunken, er kommt mir manchmal so nahe, dass mich eine seiner weitausholenden Gesten unweigerlich treffen müsste, dann wieder tritt er einige Schritte zurück, als wollte er ohne Abschied gehen. Er erzählt vom Hinausfahren auf die See, vom Wind, der die Segel füllt, vom Sonnenuntergang, und wie dann einer von ihnen zur E-Gitarre greift. Warum? Er will mir die Faszination des Segelns anhand des Bergsteigens, mit Messner als Beispiel, veranschaulichen. Die Mühe hätte er sich sparen können. Wochenlang nur Wasser, Sturm, leben von dem, was man hat, zupacken müssen, immer geradeaus segeln können – eine Herausforderung nennt er es. Freiheit?, gebe ich das Stichwort. Ja, Freiheit, nimmt er es an. Ein paar Wochen weg von allem, Frau und Kinder zuhause, sie halten nichts vom Segeln, mehr vom Club Mediterrané, sagt er und meint es auch diesmal nicht abschätzig.

Ich kann ihm nicht eröffnen, wer ich bin und weshalb ich ihn frage: Er will es gar nicht wissen. Er will nur wissen, ob ich in Urlaub hier bin, weil ich davon gesprochen habe wiederzukommen und weil er mir mitteilen will, dass sie bis nächste Woche hier liegen werden.

Den Logger, sagt er, haben sie damals mithilfe der Feuerwehr und einigen Kästen Bier gehoben, ausgepumpt und an Land gezogen. Er sei Privatbesitz, während die weiter unten liegende HF 294 Vereinsbesitz sei mit staatlichen Subventionen, ein nachgebauter Vollholzheringsfänger, und schon verliert er sich wieder in technische Details. Dann, auf einmal, hat er es eilig, wieder an seine Arbeit zu kommen. Er hat wohl gemerkt, dass meine Neugier unersättlich ist, dass seine Erzählung zur Lebensgeschichte ausufern müsste, und dagegen sperrt er sich. Auf dem benachbarten Floß fragt er jemanden nach einem Bier, ich schlage vor, ihm eins zu spendieren, wenn wir uns zusammensetzen und er weitererzählt. Nein, er muss arbeiten, sein Entschluss, mich loszuwerden, ist gefasst, vielleicht auch das Seemannsgarn ausgegangen. Sagt er einmal „schade"? Ich weiß es nicht.

Müde in der U-Bahn

Müde in der U-Bahn. Quartettspielen an der Haltestelle Stephansplatz. Ab Volksdorf ist der Waggon fast leer. Manche sitzen apathisch und schauen aus dem Fenster. Manche lesen Zeitung. Gemeinsam fahren wir alle unserem Ziel zu. Fahles Abendlicht über der Stadt. Hoch fährt man dahin, an Bäumen, Häusern, Straßen und Gärten vorbei. Der Bildschirm zeigt die Mordillo-Sketche, die ich so mag. In Ahrensburg-West ist die Luft kühl, das Licht wird grau. Heimkunft, denke ich.

Open ship

Open ship verkündet das Schild, zwei Euro sind billiger Obolus. Dann stehen wir auf den Planken, befühlen die Taue mit den Händen, blicken schwindelnd hinauf in die Takelage, verfolgen die Züge und Spannungen von Seilzug zu Seilzug. Die Blöcke sind aus Metall und innen mit Kunststoffrollen versehen. Vom Bug aus, wo mächtig der Bugspriet mit den Klüverbäumen in die Szenerie hinausragt, beobachten wir das Manöver eines havarierten Containerschiffs, das von Schleppern ins Dock 14 gezogen wird. Blohm & Voss zeigt sich am Tag der Offenen Tür transparent: Die buntbemalte Dockwand ist herabgelassen, das Dock geflutet, gibt Einblicke frei. Im Heck das doppelte Steuerrad, hinter dem mancher sich wie Störtebeker vorkommt. Zwei Steuerungspulte für Wind- und Maschinenfahrt, elektronische Anzeige von Richtung und Stärke, Stellung des Steuers, vielleicht sogar Echolot. Modernes Segelschiff, und dennoch Schauschiff, das den weiten Weg von Norwegen herabkommt, um zum Hafengeburtstag zu gratulieren. Zum Schluss ergattere ich noch einen Pin mit dem Schiff darauf, der *Statsraad Lehmkuhl.*

Es wird früh dunkel

Es wird früh dunkel. Während des Schreibens taucht der Abend in den Fenstern auf. Über den Dächern der Nachbarhäuser lagern bleierne Wolken, darüber hellt sich der Himmel meerhaft. In der Scheibe spiegeln sich die Lichter der Kerzen und Lampen. Wir werden zu einer Lesung gehen, die U-Bahn nehmen ins abendliche Hamburg, in den Straßen an der Außenalster nach dem erleuchteten Literaturhaus suchen, in Lärm und Licht eintreten und den Freund begrüßen.

Hamburg im Herbst

Hamburg im Herbst. Von der U-Bahn aus sieht man in die verwahrlosten Gärten, und wo man sommers durch grüne Laubtunnels fährt, passiert man nun traurige Gezweigreihen. Nach dem Alten Teichweg taucht die Bahn unter die Erde. Vom Hauptbahnhof streckt sich die Mönckebergstraße unterm grauen Himmel in die Weite der Stadt hinaus. Ladenstraße, Geschäftsstraße, die großen Warenhäuser reihen sich hintereinander. Kaufleute gehen parlierend in Wollmänteln und Anzügen, es ist bald Mittag und die Imbissbuden und Menürestaurants werden sich füllen.

Asia-Laden

In der Innenstadt findet man den Asia-Laden und drängt sich mit dem ausladenden Rucksack zwischen die gestopften Regalen. Reiswein in Flaschen, in den Kühltruhen warten Garnelen und Krabben in ihrem bereiften Schlaf. Zwischen exotischen Soßen kann man wählen; eine Gewürzmischung: Fenchel, Senfkorn, Kreuzkümmel. Hoisin und Teriyaki, schwarze Bohnensoße und Garam Massala, Sojasoße und Sesamöl kauft man literweise auf Vorrat. Ein Kühlschrank mit Gemüse, rote Chilischoten in Plastikbeuteln, Pak-Choi-Kohl, Koriandersträuße, der süße Thai-Basilikum. Die Preise sind dem Viertel angepasst. Ein Geschäftsmann verlangt sein tägliches Sushi-Paket. Japanische Süßigkeit: Rote-Bohnen-Paste mit Teepulver vermengt, ein zellophanglänzendes puddingweiches Riegelchen. Man lässt fünfzig Euro dort, in diesem Laden, zwischen Studentinnen und farbigen Müttern mit Kind und Gesundheitshungrigen, die sich von Biokost ernähren.

Colonnaden

Alsterhaus, Hamburger Hof, Neuer Jungfernstieg. Übertritt in die Colonnaden. Die Gasse
liegt halb im Schatten der Neorenaissance-
Häuser. Schaufenster mit Mode für Vollschlan-
ke, die Schilder mit dem Markennamen staffeln
sich unter den Arkaden. Der Tabakladen, in
dem es die dänischsüße Eigenmischung gibt.
Meerschaumpfeifen, zweihundert Euro. Im
Teekontor bekommt man einen Steinguthum-
pen voll Ostfriesentee, den Humpen kann man
extra kaufen. *Munkmarscher Fährhaus, Hamburger
Deichgraf, De Ole Käpt'n.* Mittagstisch im chinesi-
schen Restaurant im Tiefparterre. Man löffelt
den klumpigen Reis ins Schälchen, gießt die
Soße darüber. In der Nische nebenan sitzt einer
der hanseatischen Kaufleute. Anzug, Krawatte,
Aktenkoffer. Während er wartet, studiert er Unterlagen. Als das Essen kommt, ist er unge-
schützt. Jetzt, denke ich. Jetzt ist er allein. Ohne
Maske, ohne Rolle. Die Züge entspannen sich,
der Mund wird weich. Es schmeckt ihm. Jetzt
kann man sich die Lebensgeschichte erzählen
lassen oder ihm die Frohe Botschaft sagen.
Beim Hinaufsteigen auf die Straße Sonne und
Wind. Die Sonnenschirme der Pizzeria flattern.
Über die Fußgängerbrücke an der Esplanade
kommt man hinüber in den Park.

Innenstadt

Shopping Mall. *Hermes, Armani, Joop.* Exklusiv:
Ausgeschlossen fühlt man sich. Ein Schuhgeschäft lockt in ein Labyrinth aus Glaskästen und
glitzernden Leuchten, man verliert sich zwischen
hochhackigen Pumps und dezenten Preisschil-
dern. Die Auslagen nehmen sich aus wie über-
teuerte Puppenstuben, umrahmt von klassizisti-
schem Säulenwerk. Im Neuen Wall bleibt man
vor einem Schaufenster stehen und findet ein
Paar Gummistiefel, schlicht, vornehm, genähte
Sohlen, Stiefel zum Spazieren auf nassen Sand-
wegen im Brook, durch Ginster und Heide, auf
Wattpfaden und glitschigen Bohlen, und dabei
weht der Wind dem Grafen die Haare aus dem
Gesicht, und die Wachsjacke knittert, während
er den Cordkragen hochklappt, und die Hosen
liegen in lässigen Falten, während sie in den
Schäften verschwinden – solche Stiefel findet
man. Man will dazugehören, wenn man auch so
ein von Begüterung und Tradition geprägtes
Leben niemals leben möchte. Senioren führen
ihre belackmantelten Gattinnen spazieren, Rolls
Royces gleiten lautlos vorüber, alles ist zugäng-
lich, volkstauglich, zusammengerückt zu einem
riesigen Kaufladen. Es ist doch alles ein Spiel.

Mittagspause

Eine junge Dame, die in einem Imbiss der La-
denpassage ihre Mittagspause verbringt. Sie setzt
sich mit Salat und Zeitschrift an einen Tisch,
legt das Wollcape ab, zieht die gummierte Jacke
aus, schlägt die Beine übereinander. Wie nebenbei beugt sie sich über ihre Zeitschrift und die
Salatschüssel aus durchsichtigem Plastik, wie
nebenbei streicht sie sich eine Strähne aus dem
Gesicht. Ihr Pulli liegt an ihrem Leib, grobge-
strickt und doch aus edlem Garn, mit dunklem
Faden sichtbar genäht und die Ärmel scheinbar
unachtsam hochgeschlagen, aus dem Rollkragen
schaut der weiche Hals wie eine Frivolität. Die
spitzen Hände und Finger, das weiche Kinn, die
kleinen Augen deuten auf spröde Empfindlich-
keit. Es ist, erkennt man niedergeschmettert, die
Selbstverständlichkeit, mit der sich die patrizi-
schen Kinder der Stadt durch ihr angestammtes
Terrain bewegen, es bewohnen, beleben, be-
fruchten. Man selbst bleibt Zuschauer, der ewige
Tourist. Diese Selbstverständlichkeit wird einem
nie zuteil werden, erkennt man, diese dezente
Contenance, diese aparte Zurückhaltung, diese
unaufdringliche Wertschätzung unter ihresglei-
chen.

Ladage & Oelke

Man findet das Geschäft am Neuen Wall, alteingesessen seit 1845, Herrenbekleidung, Regenschirme, Dufflecoats. Das Firmenschild zeigt den altertümlichen Namen in altertümlicher Schrift: *Ladage & Oelke*. Drinnen Dielenboden und dunkle Holzregale; eine Treppe führt nach oben und knarrt; Reihen edlen Tuches hängen in Sakkoform auf Bügeln. Herren in lässigen Jeans und mit Kaschmirpullovern überm Freizeithemd lassen sich Leder zeigen, derweil die Gattin ein Jäckchen anprobiert aus blauer Wolle, zu knapp scheint es und kostet fünfhundert Euro. Unsereiner muss Scheu ablegen und sich einreden, er gehöre dazu. Sich auf das Sofa setzen mit dem Fußschemel davor. Die Dame im Kostüm schleppt aus dem Lager große Kartons heran und entnimmt ihnen die Stiefel, von denen keiner passt. Die Wade, wie immer. Enttäuschung. Abweisung. So hat man sich das nicht vorgestellt. Als man geht, hat die Dame keine Zeit, weil sie mit anderen Kunden beschäftigt ist.

Samstagabend

Das Bad wird geheizt. Duft nach Wacholderöl, draußen ist's grau und kalt, das Wasser klingelt am Porzellan wie ein Glockenspiel. Im Wasser liegend, lese ich von der Insel im Meer, einem zwölfjährigen Jungen und seinem Urgroßvater. Als ich mich abtrockne, duftet es aus der Küche nach Bratkartoffeln. Am Stubentisch esse ich, das dunkle Fenster neben mir mit den erleuchteten Fenstern der Nachbarhäuser. Danach im Fernsehen Blicke in bundesdeutsche Stadien, in denen bei Regen und Kälte um Punkte gerungen wird. Schinzilorz, Yuskowiac, Berbatov. Junge Talente erzielen ihre ersten Tore, hinter den Stadien in Gelsenkirchen, Hannover oder Rostock sind Hochhäuser und kahle Bäume zu sehen. Mit dem Spielfilm beginnt der Samstagabend.

Vorweihnacht in der Innenstadt

In den Straßen drängt es sich, die Fläche der Binnenalster liegt öd und fern in der Dunkelheit, die nächsten Lichter könnten in Kopenhagen stehen oder in Hongkong. Über die Gassen wölbt sich ein Dach aus Einsamkeit, tief unten wimmelt die Menge und leuchten die Lichter. *Neuer Wall* steht in Glühbirnen über der Straße. An den Samstagen vor Weihnachten haben die Geschäfte bis sechs Uhr geöffnet. Im Compagnie Colonniale ist die Verkäuferin noch immer so hübsch wie letztes Mal, aber die Levante-Mischung ist aus. Neues Wort: *Last-Minute-Geschenke*, als gäbe es die billiger. Die Bücher in der Thalia liegen verlockend, mit bunten Titeln, auf Stapeln oder stehen in Reihen. Wir benutzen den Hinterausgang und gelangen an ein zugefrorenes Fleet. Eisschollen liegen breit und zerbrochen im Fahrwasser wie in einem Film über die Arktis. Im Tabakkontor versuche ich, den gekauften Flake umzutauschen. Draußen marschiert die Polizei auf mit Panzerwagen und Wasserwerfer. Wir hören, dass sich an den Landungsbrücken die Bambule breitgemacht und ihr Bedürfnis auf den Gehsteig verrichtet habe; die Polizei wolle verhindern, dass sie zur Innenstadt zieht. Am Jungfernstieg kommt uns eine Polizistenkette entgegen und drängt uns zurück. Wie kommen wir denn jetzt zur U-Bahn? Tut mir leid für Sie, antwortet der Polizist hinter seinem Plexiglasvisier. Wir überqueren den Zaun auf dem Grünstreifen und erreichen das Alsterufer, wo schon das Feuerwerk vorbereitet wird. Auch dort stehen Polizisten, aber mit dem Rücken zu uns. Unten in der U-Bahn kommen uns zwei Beamte entgegen, in grünen Kampfanzügen, ohne Helm, sodass ich ihre Gesichter sehe. Kurzgeschorenes Haar, Männer mittleren Alters. Forsch, erfahren, entschlossen. Feierabendväter, zur Vernunft mahnende Nachbarn, Ehemänner mit Hochzeitstagrosen. In der U-Bahn lese ich in dem neuen Buch vom Nachtzug nach Lissabon.

Eisdiele

In der Eisdiele sitzen Paare an den Tischen, junge und ältere. Kaffeegeruch, Zigarettenrauch, Löffelgeklimper. Nebenan sitzt eine Clique aus Jugendlichen, fünfzehn, sechzehn, die Mädels geschminkt und hergerichtet, die Jungs um sie herum. Wer geht mit wem? Eisbecher können sie sich nicht leisten. Ich würde jetzt gerne einen Martini trinken. Auf dem Heimweg beschließen wir, am Dienstag in einen Vortrag über Thomas Mann zu gehen; er findet in der Schlosskirche statt.

Stellmoorer Tunneltal

Stellmoorer Tunneltal. Eiszeit: trompetende Kraniche, ferne Sagenvögel stelzend im Ried; dunstige Sonne, Spaziergänger, Vögel zirpen in den Waldsälen, die weit fort führen, in die Ferne barocker Parks. Im Hof der Vorburg sitzen wir und halten Picknick. Dann eine dünne Zigarre aus der Jackentasche, einen Kräuterbitter, während Lena allein umherstreift. Es ist ein Ort, merke ich. *Ein Stein in einem Wald und zwei an einem See.* Findlinge, gerundet vom Abrieb der Geschichte.

Sternschanzenpark

Im Schanzenpark kann man aufatmen, selbst wenn es nur zehn Meter zur Straße sind: Rasen, Bäume, Lauschigkeit. Irgendwo qualmt ein Grill. Wo früher Dealer und Kampfhundehalter sich ein Stelldichein gaben, kreischen heute Kinder. Die ausgeführten Hunde verbrüdern sich genitalienschnuppernd, während die Frauchen in Mousselinekleidern Klönschnak halten. Ich esse mein Tomaten-Käse-Baguette zuende und werfe die Papiertüte in den Mülleimer. Auf dem Wasserturm sitzen Leute, die Terrasse des Mövenpick-Hotels ist voll besetzt. Das nennt man Gentrifizierung.

Schanzenviertel

Schanzenstraße, Susannenstraße, Schulterblatt. Die Straßen im Viertel sind eng und voll am Samstagmittag. Auf dem Kopfsteinpflaster rollen Porsches und Jaguare neben dröhnenden Harleys. Die Rote Flora noch immer eine Litfasssäule der linksautonomen Szene: gegen die Internationale Bauausstellung in Wilhelmsburg, gegen die „Nazi-Morde" hängen Transparente, einem (sic!) Genossen wird an seinem vierzigsten Todestag gedacht, der Rest der Sprüche, Graffiti und Plakatfetzen gerät zum Gesamtkunstwerk. Eine Motorradwerkstatt gibt es, Kennenlern-Café, ein Reggaetreff, das *Archiv der Sozialen Bewegungen*. Viele Häuser sind saniert mit neuen Fassaden, aber durch eine offene Tür späht man in ein dunkles Treppenhaus mit brüchigen Stiegen und rotweißem Absperrband. Grenzstein im Asphalt: 1896 betrat man hier das preußische Altona. Die ersten Boutiquen und Edel-Deko-Shops finden sich, ein Billigsupermarkt, Stüdemann's Tee-und-Süßes, Döner-Imbisse, Straßencafés, das Jesus-Center, der türkische Obsthändler hat seine Kisten aufgestellt, und von der linken Schanzen-Buchhandlung kann mich sowieso niemand abhalten. Während wir beim Syrer eine Kleinigkeit essen, mit Minze und Humus, gehen die Menschen vorbei. Ein Koreaner mit einer Jordanierin, Hand in Hand.

Ein glatzköpfiger Aktionsgruppenvorsitzender, der in den Beinen federt und vor Energie vibriert. Ein Obdachloser mit seinem Einkaufswagen voller Plastiktüten. Ein von der Wüstensonne verschrumpelter Araber. Ein Rauschebart mit Nostalgieturnschuhen auf einem Damenfahrrad. Ich höre das Wort „Dachwohnung", einer redet von „blumiger Sprache", eine andere davon, dass sie „voll drauf steht, echt". Einer teilt mit, dass das Haus neben der Flora voll belegt sei, und ein Dritter lässt sich über Lesbenliteratur aus. Der *Illustrierte Mann* geht vorbei, bunttätowiert vom Hals bis zu den Waden. Frauen in Harlekinshosen und Espadrilles. Ein Kaffee, zwei Zigaretten. Auf dem Rückweg zur U-Bahn hole ich mir das Buch ab, nehme bei Stüdemann's einen Lavendeltee mit und atme auf, als ich in der U-Bahn sitze und das Leben abflaut um mich her wie ein Sturm.

Der Hochbahnhof

In Barmbek ist es weit und hell. Leere Beton-
bahnsteige unterm Himmelsblau, am Gleisrand
steht das Sommerkraut hoch und blüht gelb.
Menschen gehen und stehen gutgelaunt, war-
tend wie auf Sonderzüge. Der Bahnhof reicht
den Wohnblöcken bis zur Brust. In der Ferne,
zwischen Häusern, das Bohrblatt, mit dem man
die Linie zum Flughafen gebohrt hat, die *Trude*,
ein riesiges Rad mit Felgen wie eine Raumfahrt-
Zentrifuge. Die Lautsprecheransagen klingen
launig, es ist eine schöne Sache, mit den Hamburger Hochbahnen unterwegs zu sein, meinen
sie. *Barmbek, Schlumpp, Sternschanze. Fährt in zwei
Minuten.* Lena trinkt einen Schluck aus der Wasserflasche, ich würde mir gern eine Zigarette
anzünden, soviel Frischluft um mich her, aber
ich achte das Verbot. Als die Züge einfahren, ist
es wie zur Achterbahn: Einsteigen, das Vergnügen beginnt. Der Nachmittag wartet.

Südsee in der U-Bahn

Ein Hauch Südsee in der U-Bahn. Sie fährt o-
berirdisch, die Fenster gefüllt mit Licht. Zwei
dicke dunkelhäutige Frauen setzen sich gegenüber, die Züge nicht negroid, sondern mit den
schmalen Mündern, den kleinen Nasen und dem
Doppelkinn eindeutig polynesisch. Die beiden
sind nicht gerade die Edlen Wilden von Gau-
guin: Anlage zur Fettbildung, fremdländisches
Schönheitsideal. Die Sonne lässt das Hautbraun
glühen, jede Falte gemahnt an Strand und Palmen. Vielleicht sind es Schwestern. Sie unterhalten sich schamlos vertraut. Bitte, lass mich nicht
allein!, sagt die Eine und zerrt an ihrem Pferde-
schwanz, als wollte sie ihn in die Stirn ziehen.
Ich will da nicht hin, sagt sie und zieht einen
Schmollmund. Als sie aussteigen, könnten sie
nach Apia wollen oder Papeete, und ich muss
mich an Sydney und seine Vorortzüge erinnern,
damals, als ich der Südsee am nächsten war.
Dabei will ich nur in die Hamburger Innenstadt.

Eppendorf, von der U-Bahn aus

Blick aus dem U-Bahnfenster. Vom Hochgleis hinab in die Straßen, aber da sind keine Straßen mehr, da sind nur Bäume und Gärten und ein schmales, blauglitzerndes Wasser, ein Kajak bepaddelt es, ein Anleger wird sichtbar, ein Schild in der Fahrrinne mit durchgestrichenem Anker, ein Mosaik aus Seerosenblättern; darüber erhebt sich eine Burganlage aus klinkerverputzten Appartements. Natürlich Eppendorf. Die Alsterkanäle. Hier ist in Hamburg auch gut wohnen, sage ich zu Lena. Wenn man das nötige Kleingeld hat, erwidert sie.

Mit den Mülltüten in der Hand

Mit den Mülltüten in der Hand trete ich aus dem Haus. Die Abendluft ist kalt und riecht nach Rauch. Lichterschmuck in den Fenstern ringsum. Ich gehe den Plattenweg entlang zur Mülltonne. Auf einmal gelingt es: ein literarischer Augenblick. Ich lebe hier oben, in einem Städtchen an der Peripherie Hamburgs, und habe hier meinen Alltag. Es könnte noch gelingen, denke ich: die literarische Existenz.

Alltag in der Großstadt

In der U-Bahn: Irgendwo klingelt ein Handy.
Eine Frau nimmt ab, ich höre sie sagen: Ich sitze
gerade noch in der U-Bahn. Bin bald zuhause.
Bis dann. Bussi. Das Abendessen steht dann
vielleicht bereit oder ihr Mann ist schon von der
Arbeit zurück oder die Kinder warten auf sie.
Das habe ich auch, denke ich: einen Alltag in der
Großstadt.

Ochsenzoll

Halbdrei nachts. Brodersen heißt der Arzt. Krankenpflegertyp, kräftige Statur, Glatze. Lena erzählt ihm, was geschehen ist, denn ich kann es nicht. Das Warten im halbdunklen Foyer, in der Stille des nächtlichen Krankenhauses, leise Geräusche des Betriebes, hat mich zuerst erleichtert, dann abweisend gemacht. Ein Mann wird von Mutter und Tochter hergebracht; nach einem Gespräch mit dem Arzt willigt er ein, über Nacht zu bleiben. Ochsenzoll. Lena kennt die Klinik von ihrer Arbeit her. Sie hat mich hergefahren, durch die nächtlichen Straßen, lange nach Mitternacht, weil es zuhause einfach nicht mehr ging. Als ich dann erzähle, muss ich mit den Tränen kämpfen. Fern, auf der Tischplatte, sehe ich meine Hand mit meiner Brille hantieren. Brodersen hat wenig Zeit. Ich bin dankbar für das Gespräch mitten in der Nacht, für die Stille, die gedämpften Laute, die Lichter und Gesichter in der fremden Stadt. Dankbar, dass ich an einen Ort kommen konnte. Die dringende Not wird gewendet, aber den Morgen muss man aus eigener Kraft erwarten. Brodersen notiert Medikamente, die mir helfen können. Er würde mir das Klinikum Nord empfehlen. Dienstags von halbsieben bis halbneun. Mehr Zeit habe er nicht. Andere warten, stationäre Patienten. Natürlich.

Meine Gesundheit und ich

In der U-Bahn: Eine weißhaarige Dame hat die Brille auf der Nasenspitze und liest in einem Buch, das sie selbst verfasst haben könnte: *Meine Gesundheit und ich.* Auf dem Bildschirm wirbt die Stadt für ihren Eishockeyverein.

Willkommen in der Schanze

Schanzenpark. Baustelle, zwischen ausgehängten Sperrgittern und Kopfsteinstapel hindurch, auf Dünensand; drüben, hinter Maschendraht, der neue Sportplatz des SC Sternschanze. Fußgängerampel. Die Schanzenstraße taucht kühl und dunkel unter der Hochbahnbrücke hindurch. Oben, bei den Schlachthofhallen, sitzen die Leute im Freien unter Sonnenschirmen, Tim Mälzer betreibt die *Bullerei*, durch die Bäume gesehen ein Volksfest. Schanzenviertelfest im August, fällt mir ein. Da muss ich herkommen. An der Ecke zur Susannenstraße herrscht Baumschatten. Das frank und frei hat Tische draußen, zwischen denen man sich hindurchschlängelt. Vor mir geht ein junges Mädchen mit kurzem Rock und Wollstrümpfen bis übers Knie. Ein Hauch Parfüm kommt von ihr, kühl, bitter, willkommen in der Schanze!

Shabby Look

Schanzenviertel: Ein Lampenladen. Eine PR-Agentur. Ein Model-Casting. Ein Shop für Kunsthandwerk aus recycletem Material. Ein Schuhgeschäft. Eine Boutique namens *Fräuleinwunder*. Eine Vinothek. Ein Friseurladen. Ein Architekturbüro. Ein Blumenladen. Eine Bistro-Bar, wo man zwei Stunden auf seine Penne wartet. Die *Solidarische Psychosoziale Hilfe*. Die Zentrale des Mietervereins. Anatolische Spezialitäten. Ein Designstudio. Eine Bar namens *Goldfischglas*. Eine IT-Support-GmbH. Ein Kino, wo internationale Filme im Original laufen. Ein Geschäft für Deko und Innenarchitektur, wo man ins Hinterzimmer verschwindet und durch ein Labyrinth aus winzigen Gelassen mit Möbeln, Schildern, Vasen in einem anderen Laden wieder auftaucht. Die Altbauten sind tief, denke ich und will gleich noch mal zurück. Stattdessen kaufe ich einen Dessertteller aus Maisfaser und Getreidemehl, biologisch abbaubar. Wahrscheinlich baut der sich gleich unter den Fingern ab, denke ich. Im Labyrinth finde ich ein Holzbrett in Form roter Zaunlatten, *Love* steht darauf und vier Verse aus Erster Korinther dreizehn. *Shabby look,* heißt es, aber so soll es sein: die Botschaft auf die Landstraßen und an die Zäune, in die Schanzenstraßen und Studentenbuden, auf Supermarktfensterscheiben und Stromverteilungskästen. Die Liebe erträgt alles. Die Liebe verzeiht alles. Ist man wieder draußen, sieht man das wimmelnde Straßenleben mit anderen Augen.

Café Blanche

Wir setzen uns am Neuen Pferdemarkt in ein
Café. Draußen stehen kurze Bierbank-Gar-
nituren, mintgrün gestrichen, unterm lichten
Platanenschatten. Gauloise-Aschenbecher, in die
ich meine Zigarette dippe. Eine kalte Vanille-
milch, die Strenge des Whiskys im Irish Coffee.
Lena löffelt neben mir eine Curry-Kokos-Suppe,
das hausbackene Maisbrot mit Rosinen mag sie
nicht. Immer wieder gehen Leute vorbei mit
gebrauchten Haushaltsgegenständen, irgendwo
muss ein Flohmarkt oder eine Wohnungsauflö-
sung sein. Zwei orientalische Männer sitzen
schwerleibig, mit Schnurrbärten, am Nebentisch,
in langen Hemden und Strickjacken. Die Glastü-
ren sind geöffnet, im Innern des Cafés ist es
dämmrig und geheimnisvoll. Südfrankreich,
denke ich. Ich lüpfe meinen Hut, streiche mir
über die schweißnasse Stirn, hole aus der Tasche
das Bändchen japanischer Gedichte, das ich
gekauft habe. *Blendend weiße Gewänder zum Trock-
nen aufgehängt*, lese ich, *am Himmelsberg*. Von der
Sonne werde ich müde. Gegenüber sitzen zwei
Mädchen mit Pferdeschwänzen in dünnen
Kleidchen und trinken Bionade. Beim Bezahlen
wünscht die Kellnerin, uns einmal wiederzuse-
hen.

Chihuahua

Ein drahtiger junger Kerl sitzt in der U-Bahn gegenüber und hat sein Hündchen auf dem Schoß. Ein hamstergroßer Chihuahua, der sich zu einem Knäuel zusammengerollt hat und die winzige Schnauze in die Hemdfalte drückt. Er zittert, nicht aus Angst oder Kälte, sondern wegen seiner Kleinheit. Immer wieder gehen die Knopfaugen auf und spitzen sich die Ohren. Sein Herrchen schreibt SMS, kichert über die Antwort, das Hündchen bekommt den Ellbogen ab. Als er aussteigt, nimmt er den Hund behutsam unter dem Bauch und setzt ihn auf den Boden. Das Tier wird wach und trippelt an der Leine neben dem Kerl her zum Ausgang.

An der Elbe

Der helle Strom. Das Gegenufer rauchblau. Ein Schiff zieht vorbei, hausgroß, geht ein in den Goldglanz wie eine Chiffre des Glücks.

Auf der Bank am Elbufer

Ich setze mich auf eine Bank am Elbuferweg,
zünde die Pfeife an und beginne, in dem Buch
zu lesen, das ich mir am Kiosk gekauft habe. Ein
kleinformatiges Bändchen, *Smoke* heißt es nach
dem gleichnamigen Film. Die Geschichte, die
erzählt wird, ist einfach: Ein Tabakladen an einer Ecke in einer amerikanischen Stadt. Leute
kommen und gehen und bringen ihre Geschichten mit, die Geschichten verknüpfen sich miteinander, ergeben ein Muster, das man beinahe
versteht, doch der Zufall, das Schicksal ist alles,
was bleibt. Die Menschen reden wenig und han-
deln simpel. So muss man Geschichten schreiben, denke ich. Einfach und einsilbig. Nüchtern.
Voller Liebe zu den Menschen und zur Welt.
Manchmal schaue ich auf. Es ist dämmrig ge-
worden am Fluss. Aus dem Zwielicht treten
Gestalten ins grelle Laternenlicht. Eine Frau
führt ihren Hund spazieren. Ein älteres Ehepaar
trifft einen Bekannten, sie unterhalten sich über
Malerei. Eine junge Radfahrerin verliert im Vorbeifahren ihr Tuch, hält an, kehrt um, hebt es
vom Boden auf. Es liegt wie ein verlorenes
Wort, das in ihren Händen seine Bedeutung
wiedererlangt. Lauter Geschichten, denke ich.
Wer kennt sie? Wer schreibt sie auf? Ich? Das
wäre ein Gedanke.

Party im Schröderstift

Die Studenten-WG befindet sich in einem der drei Flügel des Schröderstifts, alte Backsteingebäude aus den 1850ern. Seit einundachtzig gehört es der Mieterselbstverwaltung. Es steht wie eine Kaserne auf einem öden Grasplatz. Der Verkehr strömt in weitem Bogen darum herum. Die Party hat längst angefangen, aus den Boxen dröhnen die Bässe. Debbie und Dave wohnen hier, Dave ist Engländer und Debbie kommt aus Kanada. Viele Leute, die ich nicht kenne. Aber Schorsch ist schon da, und Giacomo, der Geigen baut. Ich hole mir ein kaltes Bier und halte mich zu Schorsch. Es herrscht Gedränge, die Tür ist immer offen, ständig kommen und gehen Leute. Als die Bierkisten leer sind, steigen ein paar durch das Küchenfenster aufs Dach. Das Dach ist mit Ziegeln gedeckt und mäßig schräg, wir gehen gegen die Neigung hinauf zum First und setzen uns darauf. Die Luft ist warm, der Verkehr braust, ausgebreitet liegt die Stadt vor uns mit ihren Lichtern, dem Fernsehturm, dem SAS-Hochhaus im rauchigen Blau. Man unterhält sich über Berufschancen und Luftverschmutzung und ob es eine absolute Wahrheit gibt. Ich schweige und atme den Abendgeruch ein. Der Abendhimmel wird von unten orange angestrahlt. Wo es dunkel ist, sieht man einen einzelnen Stern.

Herbertstraße

Mit Schorsch traue ich mich hin. Eine Bretter-
wand versperrt die Straße, durch einen Schlupf
gelangt man hinein, im Tross der gestandenen
Männer, die hier werweißwas suchen. Frauen
verboten. Drinnen ist es eine Gasse wie im Mär-
chenpark. In Glaskästen mit Schwarzlicht sitzen
Dornröschen und Schneewittchen, posieren
halbnackt und locken mit dem Finger. Bleibt
man zu lange stehen, rufen sie einen durch die
Scheibe an. Die Männer gehen in Mänteln und
dicken Jacken und gucken unbeteiligt. Manchmal sehe ich einen in einer Tür verschwinden.
Nachttierhaus, denke ich. Attraktionen, seltene
Geschöpfe. Heimlichkeit und Augenweide. Im-
merhin wird kein Hehl daraus gemacht, um wel-
ches Gewerbe es geht. Eine konsequentere
Prostitution, wörtlich: Zurschaustellung, kann es
nicht geben. Wir kommen uns eingeladen vor
und fehl am Platz. Als wir gehen, kopfschüt-
telnd, ruft es hinter mir: He, wart domma! Bleib
domma stehen! Ich drehe mich um, in Erwar-
tung jemandes, der mich kennt. Schorsch weiß
schon, was kommt, wirft mir einen Blick zu. Da
steht ein junges Mädchen, Jeans, Turnschuhe,
offener Trenchcoat, kurze Haare, Ohrringe, die
mir anbietet, für fünfzig Euro mitzukommen.
Daraus werden wahrscheinlich zweihundert,
wenn ich erst mal auf dem Zimmer bin. So oder

so: mitgehen steht außer Frage. Ich hab nicht so viel dabei, sage ich und zeige mein leeres Portemonnaie. Rasch verliert sie das Interesse und wendet sich ab. Schade, denke ich: Ich hätte gern ihren Namen gewusst. Aber der wäre auch nicht echt gewesen.

S-Bahn Landwehr

Die S-Bahn fährt ein, das abnehmende Singen der Elektromotoren, das Schlagen der sich öffnenden Türen. Der Bahnsteig bevölkert sich mit fünf Menschen. Kurz darauf erreicht jeder die Treppe und verschwindet im Abgang. *Zurückbleiben, bitte!* Wieder schlagen die Türen. Das Summen steigt an und wird lauter, die Bahn fährt ohne Ruck an, beschleunigt und verschwindet. Zurück bleibt der leere Bahnsteig.

Landungsbrücken

Aus der Tiefe des S-Bahntunnels steigt man empor. Luft weht in die Katakomben, es wimmelt, dann tritt man ins Freie, hinaus auf die Brücke, und sieht den Hafen. Glitzerndes Wasser, Schiffe, Kräne. Die Neubauruine der Elbphilharmonie. Die getakelte *Rickmer Rickmers*. Die *Cap San Diego*, weißrot aus Bananenfrachterzeiten. Man überquert die Straße, steigt die Treppen hinab, zwischen Japanern, Bayern und jovialen Rheinländern. Erste Wurstbuden, Heringsbrötchen und Rundfahrtbillets, dann über die Holzbrücken mit je nach Gezeiten verschiedenem Gefälle. Unten, am Kai, Touristengeschiebe. Das Wasser schwappt an der Kante, schwarzgrün. Auf eisernen Pollern sitzen Möwen. Die safarigelben Fähren legen an und nehmen Leute in Abendgarderobe zum Musical mit auf die andere Seite. Kramladen mit Buddelschiffen, Körben voller Muscheln, aufgeblasenen Kugelfischen an der Decke. Das Licht ist hell überm Wasser. Aus dem CTA wird millimeterweise ein Containerriese in die Fahrrinne manövriert. Die bulligen Schlepper rauschen vorbei wie Zugmaschinen ohne Anhänger. Lautsprecheransagen der Hafenrundfahrt. Der Schalter mit Tickets für den Katamaran nach Helgoland. Die Mündung ins Meer liegt hundert Kilometer flussabwärts.

Grill of Arabia

Schulterblatt 35 in der Schanze. „Schulterblatt"
hieß einstmals eine Gastwirtschaft, die das
Schulterblatt eines Wales ausgehängt hatte. Das
Restaurant wirkt wie ein Döner-Imbiss, die Tische und Stühle an der Straße, auf einer über-
dachten Empore, schmucklos. Man könnte sich
hier zum Tavla treffen oder seinen Tee genie-
ßen. Die Speisekarte syrisch: Couscous, Hummus, Falafel, Tahini, das kennt man ja. Dann
aber komme ich mir vor wie in der Satire von
Kishon: Shaourma mit Njumie. Was ist das? Der
Kellner, ein junger Bursche im T-Shirt mit dem
Pfauensymbol, ist schweigsam, beflissen und
gastfreundlich. Er bringt mir einen Aschenbecher, als ich meinen Tabak auspacke. Mein Essen ist schließlich ein vom Drehspieß geschnit-
tenes Huhn, mariniert in Kardamom, Kreuzkümmel, Koriandersamen, Kurkuma, Zimt,
Nelken, Pfeffer, Paprika, Knoblauch und wer
weiß was; dazu Reis und Salat und eine Sahne-
Yoghurt-Soße, abgeschmeckt mit Zitronensaft
und Minze. Hinterher einen Kaffee. Der Inha-
ber sitzt an einem Tisch, isst seine Schälchen
leer, trinkt seinen Tee und rechnet mit dem Ta-
schenrechner über Papieren. Als ich auf die Toi-
lette muss, ist es ein Gang tief ins Innere des
Gebäudes. Es wird immer dunkler. Ein Bereich

ist mit Holzbrüstungen abgeteilt, dort sitzt man auf Kissen oder Bodenstühlen mit reich verzierten Lehnen und hält Gelage ab. Im Innern, wo die Wüstenhitze nicht hinkommt. Nach dem Kaffee brechen wir auf.

Schere

Am Geländer der Brücke am Dammtor lehnt ein junges Mädchen. Sie wartet, ruhig, wach, mit gespannter Miene. In ihrem Gesicht etwas Verträumtes oder Verletzliches. Ich gehe an ihr vorbei, und sie steckt die Hand in ihre Blazertasche und holt eine Schere hervor. Einen Mord traue ich ihr nicht zu.

Alter Elbtunnel

Im Gebäude ist es kühl und dunkel. Der Hafenradar dreht sich, man betritt eine der viel zu großen Aufzugkabinen und fährt unterm Brummen von Motoren und dem Abrollen der Drahtseilzüge zwei Stockwerke hinab. Ein Autofahrer steigt aus seinem Wagen und schaut sich um. Gebläserohre, Stahlträger. Unten öffnen die Sperrgitter, der Fahrer steigt wieder ein und fährt hinaus. Die Fortsetzung ist eine gekachelte Tunnelröhre mit grünweißem Licht und einer Spur zwischen zwei Gehwegen, gerade fahrzeugbreit. Bange Luft, der Abgasgeruch hält sich lange. In der Mitte des Tunnels gibt es ein Schott, das bei Überschwemmung geschlossen wird. Auf der anderen Seite nehmen wir die Eisentreppen, steigen hinauf ins helle Hafenlicht und spüren die Stufen in den Beinen.

350 000 Knoten

Speicherstadt. Die dreistöckigen Lager; Quar-
tierleute, weil immer vier einen Schuppen be-
treuten. Die alten Namen „& Cons." stehen auf
originalen Blechschildern geschrieben. Vor den
Teppichspeichern stehen teure Mercedes. Auf
dem Boden des Speichers, brusthoch über dem
Pflaster, residiert der Teppichhändler, ein
schmächtiger Orientale in kariertem Jackett und
Bügelfaltenhose, auf der Nase eine randlose
Brille. Er weiß, dass wir keine Kenner sind, dass
wir nicht kaufen wollen. Bijar, sagt er bei einem
Teppich, dessen Ecke ich hochhebe, handge-
knüpft. 177 mal 115 Zentimeter, dreihundert-
fünfzigtausend Knoten. Und der Preis? Zwei-
tausend, sagt er ungerührt. Aber er ist nett heute, er führt uns weg von der Rampe hinters
Licht, damit die Farben kräftiger herauskämen.

Gewürzmuseum

Gewürzmuseum. Vielerlei Düfte, der muffige Speichergeruch. Griff in die Säcke: der federleichte Kardamom in seinen sperrigen Hülsen; der schrotkügelige Pfeffer; die schwere Zimtrinde erinnert an Weihnachten. Vanilleblüten müssen eigenhändig bestäubt werden und die Schoten fermentieren, damit sie so schwarz und runzelig werden. In einem alten Kolonialwarenregal ein Tütchen *Souchong*, chinesischer Schwarztee, als Medizin verkauft für 10 Pfg. Was man in den Säcken alles gefunden hat: Patronenhülsen, Badelatschen, eine Motorradkette, eine tote Schlange. Der rote Samenmantel der Muskatnuss wird gesondert geerntet und als Muskatblüte oder Macis verkauft. Als Präsent erhält jeder Besucher ein Papiertütchen schwarze Pfefferkörner.

Kaiser-Wilhelm-Hafen

Eine Treppe führt auf verwitterten Steinstufen ins Wasser hinab. Gusseisernes Geländer mit Verzierungen, der Handlauf verschwindet in den Wellen. Weidenröschen blühen, zwischen den alten Bahngleisen sprießt gelb das Sommerkraut. Ein verwaister Laternenpfahl, Wellblechdächer. *Anlage gesperrt* wehrt nutzlos ein Schild. Gegenüber liegt ein Holländer an der Kaje und wird über den Brückenausleger mit Containern beladen.

Lagerschuppen

Der Geruch der Kakaosäcke im Lagerschuppen:
muffig-säuerlich. Die Tore stehen beidseits offen, eine lichte, nüchterne Helle zwischen den
Stapeln. Alle Säcke in der vordersten Lage haben
den Probeeinstich; auf dem Boden liegen einige
verlorene Bohnen. Unbefugten ist das Betreten
verboten, aber niemand kümmert sich darum.

Massengutgreifer

Im Hafen. Auf einem Sattelschlepper wird einer der Schaufeln des Massengutgreifers vorbeigefahren, hausgroß. Die Fugen schließen so dicht, dass selbst feiner Sand verladen werden kann.

Containerverladung

Portalkran, auf Schienen an der Kaje. Die Anlage gibt einen hupenden Warnton ab und aktiviert ein Blinklicht, wenn der Kran sich bewegt. Der Kranführer sitzt breitbeinig oben in seiner Glaskanzel und schaut durch den Boden. Das Frontfenster steht offen. Klare Sicht heute, wenig Wind. Er fährt das Greifergestell über den Container auf dem LKW, berührt ihn mit den Führungsflossen, bis der Greifer aufsetzt. Dann spielt er, bis die Zapfen am Ende der Greiferschiene in die Löcher der Containerecken einfahren. Innen werden die Zapfen rechtwinklig gedreht und rasten ein; die Flossen werden hochgeklappt, und schon schwebt das Stück riesig über uns hinweg auf Deck. Das Absetzen auf die Containerstapel im Laderaum ist schwieriger, weil keine Führungskabel eingesetzt werden können. Er arbeitet zentimeterweis, aus zwanzig Metern Höhe. Wo die Stahlseile des Greifers zusammenlaufen, ist eine motorgetriebene Drehwinde angebracht, die Seitenbewegungen durch eventuelles Verdrillen der Seile ausgleichen kann. Nachher sitzen wir am Kai und schauen hinüber zum CTA, wo die Container sich wie bunte Bauklötze stapeln.

Seemannsmission

In den ersten Jahren lernte ich Richard kennen, einen Mitarbeiter bei der SCFS, der *Seamen's Christian Friendship Society*. Er besucht die Schiffe im Hafen und trifft sich mit Bekannten und Freunden, die um die Welt fahren, hält kurze Vorträge und Bibelarbeiten unter den Mannschaften, lädt in den Seemannsclub ein und verteilt Schriften und übersetzte Bibeln. Auch die geistliche Betreuung der seefahrenden Gläubigen ist seine Aufgabe. Er lädt mich auf mehrere seiner Gänge ein; ich gehe mit, weil ich einmal Schiffe von innen sehen will.

Richard trägt ein weißes Hemd mit blauen Schulterklappen und dem gelb aufgestickten Schriftzug der SCFS. Jeden Morgen erhält er den Hafenbericht per Fax und sucht sich die Schiffe aus, die er besuchen will; im Hafen orientiere man sich nach Schuppennummern, nicht nach Kainamen, erläutert er. Es ist kurz vor zehn, so trifft Richard auch noch die Frühschicht an Bord an.

Am Kattwychhafen gegenüber der Köhlbrandbrücke liegt die *Al Yamamah*, ein indisches Schiff mit arabischem Eigner. Falls Frauen an Bord seien, warnt Richard mich, solle ich sie nicht anschauen und ihnen nicht zulächeln. Das gebe Ärger. Am Lagerschuppen sind die indische und die arabische Fahne gehisst. Über die steile Passagierbrücke gehen wir an Bord. Hier kennt Richard den Purser Chief Steward, der die Proviantlieferung an Bord organisiert. Auf dem Weg zu seiner Kabine fallen mir die arabischen Schriftzeichen auf den Schildern auf; unter Deck riecht es nach Asbest und gebratenen Nudeln. Der Steward begrüßt Richard herzlich, umfasst dabei ehrerbietig das linke Handgelenk seiner Rechten; für ihn ist Richard ein Geistlicher. Sie kennen sich von früher her, auf einem anderen Schiff, und Richard hat seinen Namen auf der Mannschaftsliste der *Al Yamadah* wiederentdeckt.

Der Steward trägt Hemd und Krawatte, darüber eine rote Perlonjacke mit Plüschkragen, dazu eine Sonnenbrille, die er nicht abnimmt. Die Kabine ist klein für eine Offizierskabine: ein Schreibtisch mit Echtholzfurnier, Teppichboden, eine Couch, zwei Polstersessel, ein kleines Regal mit Schränkchen, ein kleiner Tisch mit Wachstuch bespannt; ein Philodendron im Topf bringt Grün hinein, daneben eine Wasserflasche. Auf dem Schreibtisch steht ein Telefon mit Gegensprechanlage. Er bietet Richard Kaffee an, ist sehr gastfreundlich. Richard plaudert mit ihm in Englisch, gewandt, einfühlsam, selbstsicher. Der Steward lacht oft. Richard bietet ihm eine englischsprachige Studienbibel an, für den halben Ladenpreis, an guten Bibeln, erklärt er mir, mangele es oft, wenn man neun Monate auf See sei. Der Steward holt seine eigene King-James heraus, zerfleddert und abgegriffen. Er lacht wieder. Ich will die Botschaft weitergeben, wo ich lebe, sagt er.

Der Erste Offizier kommt hinzu, ein dunkles Männchen mit Schnauzbart, in seiner Jackentasche steckt ein Paar Arbeitshandschuhe. Er setzt sich, lauscht gelangweilt. Er sei Buddhist, erklärt er. Als Richard dem Steward die Bibel zeigt, steht der Erste Offizier auf und tritt ans Bullauge. Dort sieht man einen Kranarm vorbeischwenken. Das Handy des Stewards klingelt, er muss das Gespräch abbrechen, entschuldigt sich vielmals. Sie könnten sich heute Abend im *Seamen's Club* treffen.

Als wir von Bord gehen, telefoniert Richard mit seinem Partner wegen burmesischer Bibeln, die er auf einem Schiff brauche. Ohne Handy, sagt Richard, wäre die ganze Arbeit nicht machbar. Und es hat ihn schon aus Notlagen gerettet. Auf einem Russen wollte ihn ein Matrose einsperren, weil er russische NTs verteilt hatte, und auf einem algerischen Frachter wollten sie ihn zwingen, eine Resolution gegen Israel zu unterschreiben.

Seemannsmission II

Die *Sapaing* ist ein burmesisches All-Cargo-Schiff und läuft unter griechischer Flagge. Sie liegt noch bis Freitag am Schuppen 81; die Besatzung hauptsächlich Philippinos. Gegenüber sieht man die Containerbrücken von Waltershof. Ein paar Bauarbeiter verlegen ein Gleis neu, der Teer dampft. Ein Bagger greift Schrott von einem Schrottberg und schaufelt ihn in den Laderaum. Rote Wolken hängen über dem Kai.

Hier kennt Richard niemanden, hat aber die Erlaubnis des Kapitäns. In der Mannschaftsmesse warten wir, bis die Matrosen zur Mittagspause kommen. Richard legt Stapel von englischen und philippinischen Bibeln bereit, Bibelfernkurse und VHS-Kassetten mit einem Jesus-Film. Die Messe ist kahl. Drei Tische aus Pressspan, Linoleumboden, einige Sessel, eine Liege mit aufgeschlitztem Plastikbezug, aus dem der Schaumstoff quillt. Die Drehstühle sind am Boden festgeschraubt und pendeln knarrend hin und her. Auf den Tischen Gläser, Wasserkannen, Packungen mit Keksen. Auf einem Eckbrett der Fernseher, Stapel von Videokassetten darunter, hauptsächlich Actionfilme und Pornos. Das Tuckern eines Motors ist zu hören. Die Wände sind orange gestrichen, Neonröhren an der Decke. Die Uhr zeigt drei Uhr Bordzeit, die daneben die Ortszeit. Der Kalender zeigt: 9-9-12

All off & Crew Stand by 20.00 H Sailing c/o. Drei Diplome hängen eingerahmt, ein Steve Campbell hat 1974 an einem Seemann-Sportwettbewerb teilgenommen. Eine Gitarre hängt auch an der Wand, die obligatorische Weltkarte, eine Dartscheibe, das Bild einer griechischen Madonna, eine Warnung vor Drogenkonsum in Englisch und Griechisch.

Ein dicker Philippino sitzt mit der Zeitung im Sessel und liest über den HSV. Richard beginnt ein Gespräch mit ihm, ein paar Sätze Deutsch kann er, nach jedem dritten fragt er: Und wie geht's? Als sich die Messe allmählich füllt, vermittelt der Dicke Telefongespräche an Land, verkauft Telefonzeit an die Matrosen. *Jesus Christ*, ruft einer der kleinen, sehr jung aussehenden Matrosen, *something about Jesus Christ!*, und räumt die Spielkarten mit dem Pornodekor vom Tisch. Jeder schaut sich das ausgehändigte Traktat an; es ist in Tagalog. Sie tragen Arbeitsschuhe und T-Shirts oder Blaumänner, manche haben das Handtuch über der Schulter. Für Asiaten zeigen sie überraschend vielfältige Mienen: abwartend, höflich interessiert, neugierig, verächtlich, vergnügt. Einer macht einen groben Scherz, die anderen lachen. Als sie merken, dass es außer Traktaten nichts gibt, setzen sie sich und beginnen ihre Pause.

Es gibt Essen. Wir werden eingeladen und können nicht ablehnen. Der Eintopf aus Gemüse und Fleisch schmeckt ganz passabel, eine Scheibe Brot dazu, der Smutje bringt uns eigens zwei Dosen Cola. Es ist gut, dass wir mit der Mannschaft gemeinsam essen. Danach steht Richard auf und hält eine kleine Ansprache und führt in deren Verlauf einen Knotentrick vor. Er lässt ein Hanfseil, in das er einen dicken Knoten gemacht hat, von zwei Matrosen halten, schiebt ein Taschentuch darüber, heißt die Matrosen das Seil anziehen – und der Knoten ist verschwunden. Ah und Oh. Damit will Richard demonstrieren, wie die Verbindung zu Gott zuerst von der Sünde befreit werden muss. Dann sei der Kontakt, sagt Richard und streicht an dem glatten Seil entlang, *smooth*. Manche nicken. Sie haben verstanden. Da sei natürlich nur ein Trick, keine Zauberei oder Magie, muss Richard erklären, denn es gibt viel Aberglaube unter den Philippinos. Einmal schaut ein Offizier herein, sieht der Vorführung kurz zu, wendet sich dann beruhigt und gelangweilt ab.

Richard bietet den Jesus-Film für zehn Dollar an; er muss etwas kosten, sagt er, sonst ist er für die Leute nichts wert. Drei von ihnen haben zuende gegessen und schauen sich in der Fernsehecke den Film an. Die Nahost-Reminiszensen nehmen sich merkwürdig aus hier im hanseatischen Alltag. Merkwürdig auch: Maria und Elisabeth in biblischer Gewandung, die Tagalog sprechen. Andere setzen sich dazu. Die Taufe am Jordan, untermalt von dramatischer Musik, wird gespannt verfolgt, als ginge es um eine Krimihandlung. Richard fragt einen der Zuschauenden, weshalb Jesus denn von Neugeburt spreche. Der Philippino fasst sich an den Kopf und meint: *My English no good!* Richard lacht und lässt es gut sein. Von den Bibeln werden einige verkauft, Fernkurse keine, drei Videokassetten gehen weg. Ob es ein guter Besuch war, sagt Richard unten auf der Kaje am Auto, wird die Zeit zeigen.

An Bord

Der Chefingenieur nimmt uns mit auf einen Besichtigungsgang durch das Schiff. Auf der Brücke treffen wir den Kapitän. *Seamen's mission*, erklärt sich Richard kurz, *welcome, welcome*, antwortet der Kapitän. Auf der Brücke gibt es einen Neigungsmesser, bei Sturm zeigt er vierzig Grad. Sie besitzen zwei Radar und einen Sprechkontakt direkt ins Schlafzimmer des Kapitäns. Am Steuer ist der Kompass vermittels eines Spiegels einsehbar. Auf hoher See, erklärt der Chefingenieur, werde der Autopilot eingeschaltet, da steuere nie jemand. In einem Regal stapeln sich die Flaggen der Länder, in denen Häfen angelaufen wurden, fast alle Seefahrtnationen sind darunter. Maschinentelegraf, Funkanlage, Kanal sechzehn ist ständig eingestellt für Notrufe; sobald ein Notruf eingeht, wird die Frequenz gewechselt, um den Kanal freizuhalten. Die Offiziersmesse ist deutlich behaglicher als die Mannschaftsmesse, aber nicht luxuriös zu nennen. Die Wände holzverkleidet, es gibt eine Bar mit falschen Marmorhockern, Teppichboden und einen modernen Fernseher. An den Wänden die Porträts zweier Ölscheichs hinter Glas. Der Maschinenraum umfasst fünf Stockwerke. Metalltreppen und -stege sind grünweiß gestrichen, riesige Rohre laufen kreuz und quer, wegen der Hitze steht die Luke offen. Im Sommer herrschen hier fast fünfzig Grad; die Matrosen erhalten Salztabletten, um den Mineralverlust durch Schwitzen auszugleichen. Wegen des großen Lärms fährt man nur Vierstundenschichten. Die Schiffsmaschine hat zehn Zylinder mit fünfzehntausend PS.

Duvenstedter Brook

Wir parken gegenüber dem Naturschutzzentrum. Auf der Tafel sind die verschiedenen Moorflächen farblich gekennzeichnet. Eine Tabelle listet die Tiere auf, die im Winter hier hausen. Der Duvenstedter Triftweg ist eine verschneite Fahrstraße; nebenher läuft ein Fußpfad am Feldrand unter alten Eichen. Vom Triftweg wollen wir zum alten Grenzwall. Dort zweigt ein schnurgerader Pfad gesäumt von Birken ab: *Zum Alten Grenzwall* und *Professormoor*. Die Tafeln, die das Betreten der Moorfläche verbieten, sind handgemalt und grün verquollen vom Wetter. Zum Schutz der Tierwelt sind Wege gesperrt, ganzjährig. Außer Kolkraben aber begegnet uns niemand. Geschöpfe, friedsam in ihrer eigenen Welt. Tritte im Schnee. Huschen im Unterholz. Die Kiefern stehen mitten in der Birken-Feuchtwiese auf sandigen Hügeln und kennzeichnen trockenen Boden. Gehen auf dem alten Grenzwall. Den kenne ich noch vom Sommer vor zehn Jahren. Einen halben Meter über Moor geht man, im Gänsemarsch, damals wollten wir Kraniche beobachten. Die Bäume schließen sich über uns wie eine Laube. Laubengang. Wintertunnel. Ab und zu rieselt Schnee herab. Draußen liegt das Torfmoor weiß vom Schnee, weiß von den Birken, die am Horizont stehen, gelb von den Gräsern. Das Gleichmaß der Landschaft stimmt zu dem Gleichmaß der Schritte. Die Gummistiefel auf dem vereisten, manchmal schneebestreuten Boden. Das Knirschen in gefrorenem Morast. Die eigenen Atemzüge unter der Kapuze. Nur gehen. Die Augen ruhen aus auf den Naturformen, es wird ruhig in mir. Unter den Tannen am Wegrand ist es traulicher als sonstwo. Es liegt kein Schnee, die Torferde mulmig, Nadelpolster, dort hält sich Sonnenwärme und lässt auf den Frühling hoffen. Beim Pinkeln das Herausschälen der verpackten, behüteten Haut, der Reißverschluss, das Wiedereinpacken gegen die Kälte. Das Blinzeln in die Sonne. Die Ammersbek ist im Waldeck ein stilles, breites Flüsschen; ganz dunkel, nur am Rand schimmert der Grund golden herauf.

Wohldorfer Waldfriedhof

Wohldorfer Waldfriedhof. Verschneiter Rhododendron. Oben im Rauchfang sitzen die beiden Waldkäuze, aufgeplusterte Federknäuel, grau und braun. Regen sich manchmal. Einmal ein jammernder Laut. Ich sitze und rauche. *Ron, lemón y menta.* Müde und Kälte in den Knochen, aber die Kälte bedeutet Frieden.

Wintersonne am Mühlenteich

Wintersonne am Mühlenteich, der blasse rote Kreis im Gefinger der kahlen Eichen. Im freien Wasser spiegelt er sich, gespalten von einer Eisscholle.

Samstagnachmittag

Vier Uhr. Draußen ist es grau und schneit es.
Der Tee aus dem Kolonialwarenladen schmeckt
würzig. Dazu den Butterkuchen, den Lena mit-
gebracht hat. Wir schneiden Gemüse und setzen
einen Pichelsteiner Eintopf aufs Feuer. Während
er kocht, lese ich Thielickes Ostasienreise zuende. In der Küche läuft die Waschmaschine. Später essen wir, dann um sechs im Fernsehen die
Fußballberichte. Lena legt im Wohnzimmer
Wäsche zusammen.

Luciana

Wir sitzen in der Messe und trinken heißen Tee.
Regen und Wind kühlen mit der Zeit aus. Es
gibt Erbsensuppe und Brot, dann schaltet Pieter
den Motor ab, es herrscht eine fast unheimliche
Stille. Nur das leise Plätschern der Wellen, geis-
terhaft bewegt sich die *Luciana* übers Wasser.
Kaum Wind, die Segel killen meist, nur der Ti-
destrom bringt uns meterweis vorwärts. Dann
bricht die Sonne durch die Wolken und der Regen hört auf. Wir stehen vorn am Bugspriet und
schauen aus oder stehen neben dem Steuer-
mann, der zwischen den grünen Bojen steuer-
bords und den roten Bojen backbords steuert,
um in der Fahrrinne zu bleiben. Kurs Ost Drei.
Pieters Hände: dicke Finger, gerötete Handrü-
cken, Hände, die zupacken können, die auch
zartfühlig Tabak und Zigarettenpapier handha-
ben, wenn er sich eine dreht. Keith aus Tulla-
more dreht sich auch eine, dann rauchen beide
und unterhalten sich. Wir fahren mit dem Flut-
strom elbaufwärts; manchmal ziehen große Pöt-
te an uns vorbei, die *Luciana* rollt und stampft in
der Dünung, ein Schwindel im Kopf wie auf
dem Jahrmarkt. Die *Yang Ming* mit einigen Tausend Containern taucht achtern im Dunst auf,
kommt langsam näher, holt uns aber nicht ein.
Ihre Brücke liegt auf gleicher Höhe mit den Vil-
len oben auf der Geest. Einfahrt in den Hafen,

der näher rückt wie ein Nadelöhr aus Schiffen und Kais, im blauen Dunst. Fernes Gestade, graue Anfurt. Die Silhouette Hamburgs: die Kirchen, die Landungsbrücken voller Menschen, die Museumsschiffe, die U-Bahn, die auf ihrem Hochweg fährt. Das Hafenamt hat befohlen, nicht in Altona anzulegen, um die Auslaufparade nicht zu stören. So fahren wir die ganze Reihe der Schiffe entlang über den Grasbrookkai hinaus; da liegt die *Mir*, die *Kruzenstern*, die *Sedov*, kleinere Schoner, eine Kogge, dazwischen die Fähren. Der an der Hochseebrücke liegende Zerstörer lässt sein Horn hören. Noch beim Heimweg auf festem Boden spüren wir das Wiegen der Wellen.

Tee im Japanischen Garten

Planten un Bloomen. Riesenpark. Der Monolith des Radisson-Hochhauses, der Fernsehturm zeigt zu den Wolken. Ich lese Lena auf der Infotafel die Geschichte des Japanischen Gartens von den fernöstlichen Schriftzeichen ab, mache aber nur Scherze, der Text steht auf Deutsch darüber. Am Teich wartet der Pavillon. Heute ist er offen. Kleine Pfade hinter seinem Rücken, Phlox hängt als blauer Vorhang von Gerüsten, ein paar Schritte lang ist man in Kyōto, wo der Kuckuck ruft und die Gäste sich im Teegarten sammeln. Wir setzen uns auf die Steinplattform und schauen übers Wasser. Der Teich ist grün und dunkel, Schemen von Koi darin. Linkerhand rauscht der Wasserfall beständig. Moosbewachsene Felsen, Trittsteine im Wasser, eine Zwerggebirgslandschaft; der Parkwächter passt auf, dass keine Kinder spielen. Im Pavillon sitzt Frau Schaarschmidt-Yamato – oder wie immer die japanophile Deutsche heißen mag –, züchtig im Kimono im halben Lotossitz, mit Tabisocken und hochgestecktem Haar, und schenkt Tee aus, grünen Tee, dem, der immer will. Ich verbeuge mich höflich, erhalte eine Schale, erhalte den heißen, frischen Guss, bedanke mich, trete aber mit dem Straßenschuh auf die Tatami. Böser Fauxpas! Benehme mich mal wieder wie ein dummer Tourist. Ich entschuldige mich und trage die jadefarbene Gabe in die heiße Sonne an den Teichrand. Dort schlürfe ich das erfrischende Getränk, komme zur Ruhe, höre trotz der Großstadt ringsum die Stille: das Rauschen des Wassers, den Wind, die Vögel. *Bring vom Winde mit, der in den Kiefernzweigen wohnt,* denke ich. Als ich die Schale zurückbringe, fällt Sonnenlicht durch die rückwärtigen Schiebefenster – ein grober Balken, der Dielenboden, die Holzwand. Staub, Lautlosigkeit. Der Weg nach innen. Eine kleine Zuflucht mitten in der Millionencity. *Arigatō, Schaarschmidt-Yamato-san!*

Chinesischer Pavillon

Botanischer Garten, draußen in Klein-Flottbek. Zuerst der Teich mit den Gingkobäumen, auf einer Bank sitzen und die Menschen beobachten, das Kräuseln des Wassers unter den Windböen, das Flittern des Laubs. Dann ein Gang durch den Garten, versonnen, mit offenen Türen und Toren, durch die Sinne geht das Licht ein wie eine altvertraute, nie verlierbare Erkenntnis. Das üppige Wachsen und Blühen um mich her macht mich leichtmütig. Rhododendronpfade, Bambuswege. Dann der Chinesische Pavillon, Geschenk der Partnerstadt Shanghai. Er steht leicht erhöht, ein Oktagon aus Holz mit dicken Pfählen, rundherum mit chinesischem Maßwerk verkleidet, lackiert, Bänke im Viereck und ein schwerer Steintisch darin. Ein Pfad führt hinein, ein anderer heraus. Der Pavillon ist die Mitte. Dort sitze ich und warte, dass der Garten zu mir spricht. Leben drängt überall. Aus der warmen Erde, satt und feucht, schwillt es, ragt es aufrecht und zitternd in die milden Lüfte, verströmt sich, geht auf, versinkt in sich, aus haarfeinen Wurzeln mit feisten Stängeln, unaufhaltsam – ein großes, blindes, ohnmächtiges Wachsen und Gedeihen. Darin geborgen sein. Auch so gedeihen können, denke ich. Strotzen und sich satt saufen und empordrängen, sich entfalten, ich selbst sein – *sein*.

Ein Duft im Wind, der mich verrückt macht. Ein süßer, leichter, zitrusheiterer, linder Blütenduft, der im Wind weht, von den Lilien vielleicht oder den Magnolienbäumen oder einem Gerank von Passionsblüten, egal, ein Duft, der heilt und tröstet, der verspricht. Ein Versprechen, denke ich, auf das ich mich nicht einmal berufen habe, das ich hingenommen habe nebenher, als glaubte ich es nicht, das sich nun ganz ernst und wunderbar erfüllen will. Ich will den Duft einsaugen, im Gedächtnis verwahren, ihn nie mehr vergessen, mich immer an ihn erinnern, egal wo ich bin! Er soll mein Glaube sein.

Buchhandlung im Schanzenviertel

Es zieht mich magisch hinein. Kein kommerzialisierter Tempel der Mainstream-Literatur, das merkt man gleich. Ein bisschen selbstgemacht und frisch renoviert wirkt es, einfach Regale, Altbau mit erschlossenen Hinterzimmern. Gleich am Eingang, bei den Neuerscheinungen, fällt mir ein Buch in die Hände, das ich nirgendwoanders auch nur angeschaut hätte. David Harvey, *Rebellische Städte,* Soziologe und Marxist, urbane Planung und die Zukunft des Stadtlebens. Darum geht es hier in der Schanze, bei den Linksautonomen, bei den Hartz-IV-Empfängern, bei den Türken, Kurden und Syrern. Bezahlbarer Wohnraum, drohende Yuppisierung, Demokratisierung der Baupolitik. Kleines, rotes Taschenbuch, der Ruch von Anarchie, Frankfurter Schule und Underground hier im Laden hat mich bereits verzaubert. Auch Idyllisches findet sich: ein Reclambändchen mit japanischen Gedichten, *Wenn die Kirschblüten nicht wären*, mit Originaltext und Kommentaren. Die Buchhandlung wird als Kollektiv geführt, sieben Leute, die junge Frau neben der Kasse ist Perserin und studiert. Teilzeitkraft. Als ich sie bitte, in das rote Taschenbuch etwas hineinzuschreiben, stutzt sie. Nicht deine Telefonnummer, scherze ich. Nur den Namen der Buchhandlung und das Datum. Sie fragt nicht, warum.

Kolonialwahn

Ein Ghana-Abend: gebratene Hähnchenbrust mit Reis und Kochbananen, die sind kross und mehlig wie Maronen. Die Marinade, die wir auch unter den Reis mischen, ist der Hammer! Chili, Koriander, Senf, Zwiebel, Knoblauch, Curry, Sojasauce, Limettensaft und einen Löffel Honig, schön scharf. Wir sitzen auf dem Sofa im Schneidersitz und essen mit den Fingern aus den tiefen Tellern, schaufeln mit den Fingern den Reis und schieben ihn mit dem Daumen in den Mund, wie wir es von den Indern gelernt haben. Zum Abschluss einen *Bombay Sapphire* aus dem Wasserglas; die blaue Flasche mit dem Konterfei der Queen Victoria, London Dry Gin nach einem Rezept von siebzehneinundsechzig. An der holzgetäfelten Decke kreisen die Ventilatorflügel, Geckos schnappen nach den Mücken; draußen im Halblicht der Terrasse plaudern Lady Chatterley und Miss Ironside beim Tee. Nachher, wenn die Hitze abgenommen hat, gehen wir in den Club. Ja, denke ich, lass uns echte Kolonialisten sein, imperialistische Unterdrücker und Sklavenhalter, rassistische Schweine und geldgierige Blutsauger, damit wir unseren Lohn endlich hienieden haben!

Gemeingut

An der Roten Flora: Mercedes-Bonz steht da und: Angreifen. Weg mit der Gesamtscheiße! Offen Montags 18^{00} bis 20^{00} Uhr und nach Vereinbarung. Kommerz auf unsere Kosten! Aktuelle Transparente und Aushänge. Wegen der Roten Flora kommen schon Touristen. Die Rote Flora ist Gemeingut und wird als solches vom Kapital bewertet und kommerzialisiert. *Dagegen* hilft keine Besetzung.

Literaturfrühstück

Literaturfrühstück im Literaturhaus. Ein dünnes High-Tech-Mikrophon, ein Stehpult aus Holz. Weiß nicht, ob ich so lange stehen kann, Schorsch holt mir einen Barhocker. Nach mir liest einer Grausliges in Thrillermanier. Draußen auf dem klassizistischen Balkon rauchen wir eine oder zwei, unter Schriftstellerkollegen. Reden über Verlage, Amazon und meinen Ischias. Der Kollege zeigt mir eine gute Übung dafür. In der Buchhandlung im Hochparterre kaufen Lesungsbesucher mein Buch. Aufwandsentschädigung hundert Euro. Auf dem Rückweg nehmen Lena und ich die Spazierwege an der Außenalster entlang, Schwanenwik, An der Alster, Ballindamm. Die Wege sind mit Grand eingeworfen, dem roten Kiesel-Sand-Gemisch, über das Jogger geräuschvoll traben. Hunde werden ausgeführt, Damen lustwandeln. Der Himmel ist märzgrau, die Trauerweiden hängen kahl, manchmal reißt es überm Wasser auf und weist nach Norden. An Anlegern dümpeln Segelboote, noch winterverpackt. Eine Filmproduktionsgesellschaft. Das Konsulat von Honduras. Das Meridien-Hotel. Es ist ein langer Weg vom Literaturhaus ins Zentrum. An der Ecke Ballindamm-Jungfernstieg brauchen wir als Erstes etwas zu trinken und gehen in die Europa-Passage.

Bezirksamt

Sie legt den Hörer auf. Nach einer halben Stunde ist es ihr gelungen, die Klientin zu beruhigen. Sie hat Zeit verloren. Sie macht eine Telefonnotiz für die Akte, tippt das Protokoll der letzten Teamsitzung ab und stellt es ins Intranet. Dann nimmt sie sich den Entwicklungsbericht für Jonas vor. Sie liest ihre Notizen vom Hausbesuch, liest, was die Pflegeeltern geschrieben haben, wird müde, hat keine Lust mehr. Die Tür hält sie immer geschlossen, weil die Kollegen so laut telefonieren. Niemand klopft an. Sie steht auf und geht ans Fenster. Der Hibiskus auf dem Fensterbrett hat wieder Blätter bekommen. Sie gießt ihn und schaut hinaus. Häuser, Straßen, die Stadt. Gegenüber die Polizeiwache. Morgen muss sie den Dienstwagen zum Fuhrpark bringen. Pünktlich um halbfünf will sie heute Feierabend machen, aber sie wird es wieder nicht schaffen. Fünfunddreißig Fälle pro Mitarbeiter. Vielleicht geht sie nach Feierabend noch ein wenig am Elbufer spazieren. Ihr Mann wird zuhause warten.

Bezirksamt II

Sie weiß: Das Wohl des Kindes hat oberste Priorität. Im Hilfeplangespräch hat sich die Kollegin vom Allgemeinen Sozialen Dienst auf die Seite der leiblichen Mutter geschlagen und verlangt die Zusicherung einer Rückkehroption. Die Pflegeeltern wollen einem wöchentlichen Besuchskontakt nicht zustimmen. Eine Mutter ruft an, um sich zu beschweren, und droht damit, den Fall an die Presse zu geben. Ein Senator verspricht in der Bürgersprechstunde ohne Prüfung der Aktenlage, dass eine Alleinerziehende ihr Kind zurückbekommt. Ein Mädchen ist über Nacht von zuhause weggeblieben und im Kinder-und-Jugend-Notdienst untergekommen. Sie ist der Ansicht, dass eine bestimmte Familienpflege nie hätte eingerichtet werden dürfen, aber dazu ist es zu spät. Auf der Teamversammlung in Altona, wo sie zur Teilnahme verpflichtet wurde, wollen alle gesiezt werden. Im Nebenzimmer ist trotz der geschlossenen Tür die Jeremiade der Kollegin zu hören. Der Teller, auf dem sie Schokowürfel und Gummibärchen bereitliegen hat, ist leer. Nach Feierabend wird sie mit ihrem Mann an den Großensee fahren und unter Bäumen sitzen, das Wasser wird an den Sandstrand plätschern und die Luft nach Sommer riechen.

Studentenkneipe

Ecke Rentzelstraße-Bundesstraße. Univiertel. Eine Kreuzung weiter strömt der Verkehr auf der Grindelallee. *Zumir*, rätselhafter Name. Der Eingang direkt am Eck, drinnen ist es eine typische Studentenkneipe. Ein hölzerner Tresen, der Durchgang in die Küche, handverlesenes Mobiliar aus Stühlen, Sesseln, alten Sofas und Hockern, die Tische stammen aus verschiedenen Wohnzimmern oder Sperrmüllsammlungen. Wir setzen uns an einen Tisch, müssen ausruhen. Stadtgangmüde. Musik im Hintergrund, Soul oder sowas. Die junge Bedienung kommt und bringt uns die Karte. Handgeschrieben, fotokopiert. Was darf ich euch bringen? Für mich ein Guinness, frisch gezapft, für Lena eine Apfelsaftschorle, für uns beide eine Portion Tortilla-Chips mit hausgemachter Salsa. Studentenpreise, merken wir. Es ist leer in der Stube. Im Eck an den Fenstern sitzen um einen Tisch bärtige Burschen und spielen Karten. Verhaltene Kommentare, ab und zu ein Lachen. Wir schweigen. Ich rauche, hänge meinen Gedanken nach. Hier könnte ich bis heute Abend sitzen, sage ich zu Lena. Die Bedienung hat nichts zu tun und lernt hinter der Theke aus wissenschaftlichen Unterlagen. Nach dem Namen sollte ich fragen, dem Namen der Kneipe, und ja, auch nach dem Namen der Bedienung.

Friesentorte

In Volksdorf im Café. Wir müssen zuhause raus,
was anderes sehen. Tische stehen draußen, Wolken ziehen, einmal tröpfelt es. Earl Grey und
Friesentorte, mit Vanillesahne, Biskuit und
Pflaumenmus. Um uns herum reden sie Hoch-
deutsch, am Nebentisch planen sie U-Bahnfahr-
ten, eine dicke Frau hält zwei Hunde am ge-
flochtenen Tau, eine Promenadenmischung
heißt Krümel. Ich genieße es, die Beklemmung
ist verflogen. Hier ist es unweigerlich interessant
und literarisch; anderswo wäre das nur gewöhn-
licher Alltag. Wohltuende Fremde, allgegenwär-
tige Distanz. Es ist nicht meins, es ist reizvoll
und bekommt sofort Bewandtnis. Im Grunde
geht mich das alles nichts an.

Der Flieger

Die Sonne ist aufgegangen. Am Himmel zieht
eine Düsenmaschine ihre Bahn, der Flieger
leuchtet im Morgenlicht, jede Einzelheit er-
kennbar, entrückt wie ein weißes Segelschiff am
blauen Horizont.

Ikea

Ein nebliger Novembertag. Lena ist früher aus
der Arbeit zurück, wir wollen nach Schnelsen
zum schwedischen Möbelhaus. Ich habe meine
Hamburger Regenjacke an, sie ist weich und
raschelt. Die Fahrt ist wie durch einen opaken,
weißen Tunnel, hinter den Bäumen könnte die
Abfahrt hinunter zur Riviera liegen oder die
Berge des Harz. Wir fahren durch die Walddör-
fer auf den Ring 3, hier waren wir schon lange
nicht mehr. Im Nebel liegt das Möbelhaus wie in
der schwedischen Wildnis, das dreieckige Mar-
kenzeichen ist kaum zu sehen. Der Gang durch
die künstlichen Wohnräume macht Lust zu kaufen; alles billig, sauber angeordnet und über-
sichtlich verzeichnet. Wir kaufen den Tisch
Jokkmokk mit vier Stühlen. Hinterher essen wir
einen Hotdog, ich trinke drei Becher Preisel-
beerlimonade dazu. Sie schäumt und schmeckt
nach Schweden. Auch wie ich so zwischen Pfef-
ferkuchen und Schokoladentafeln umhergehe,
komme ich mir vor wie auf der Fähre nach Gö-
teborg; man kann Würstchen und Brötchen und
Remoulade und Röstzwiebel kaufen und sich die
Hotdogs selber machen. Ein Glas Sumpfbrom-
beermarmelade, süße Teefladen, eine Rolle Knä-
ckebrot. Ich würde Skandinavien gerne wieder-
sehen: die Preise in Kronen, die Lebensmittellä-
den im Wald, die schnurgeraden Landstraßen

von Bergrücken zu Bergrücken, Wörter wie *öl*, *vackert* oder *lingon*. Der Karton mit dem Tisch passt ins Auto, wenn wir die Rückbank umklappen. Heimfahrt in Nebel und Abend. Großstadt, das habe ich mir ja immer gewünscht. Fremde Straßen, fremde Häuser. Nichts hat etwas mit mir zu tun. Lockende, leere Fremde. Reihen von orangenen Straßenlaternen im Nebel. Ampellichter, Scheinwerferpaare, Tankstellen. Schließlich kehren wir heim, suchen Unterschlupf in unserer Wohnung.

Rainer Gross
Yūomo
Roman

BoD 2014   € 7,90
ISBN: 9783735757517
Erhältlich im Buchhandel
und in allen Online-Shops

Yūomo, Abendgesicht. Neun Monate dauerte
die obsessive Liebe zwischen dem Ich-Erzähler,
einem erfolgreichen Schriftsteller Anfang vierzig, und der in Deutschland geborenen Japane-
rin. Neun Monate, in denen sie die Fremdheit
zwischen sich pflegten und förderten und Ver-
trautheit und menschliche Nähe als trügerische
Idylle boykottierten. Dann bringen die katastro-
phalen Ereignisse in Fukushima Yūomo dazu, in
ihr nie gesehenes Heimatland zurückzukehren.
In einer einzigen Nacht versucht der Erzähler,
seine Liebe zu ihr und seinen Verlust zu bewäl-
tigen, auf dem Weg, den er am besten kann: im
Erzählen. Ein wortmächtiges, hypnotisches,
verzweifeltes Selbstgespräch, das ins Kreisen
gerät, wie in einem Strudel immer mehr Material
aus den Tiefen seiner Lebensgeschichte zutage
fördert und damit ein neues Licht auf die Bezie-
hung zu Yūomo und ihr Scheitern wirft.

Rainer Gross
Haus der Stille
Roman

BoD 2014   € 7,90
ISBN: 9783735740380
*Erhältlich im Buchhandel
und in allen Online-Shops*

Tom Krauskopf fährt zu einem Sesshin, einer
Zen-Meditationswoche im Haus der Stille in
Norddeutschland. Als er ankommt, weiß er
nicht recht, wo er ist: in der Sommerfrische? im
Kloster? in einer Gruppentherapie? Die Leitung
hat ein echter Rōshi, ein Zen-Meister aus Japan.
Das Sesshin beginnt, und die Dynamik nimmt
ihren Lauf. Jeder ringt um den Weg zur Wahrheit, um die Erleuchtung. Unbewusstes wird
heraufbeschworen, unbarmherzig werden die
Teilnehmer mit sich selbst konfrontiert, es geht
an die Substanz. Keiner weiß, was passieren
kann, aber was soll schon passieren?
Auch Tom gerät in eine tiefe persönliche Krise
und sucht Hilfe bei Katja, der Zen-Jüngerin.
Beide kommen sich näher. Bis am dritten Tag
tatsächlich etwas passiert und die Dinge eine
unvorhergesehene Wendung nehmen ...